SACKGASSE
ODER
DIE UNERHÖRTE LEBENSGESCHICHTE
EINES MANNES

FÜR ANNA UND CHRISTIAN

Ruth Jossi

SACKGASSE

ODER

DIE UNERHÖRTE

LEBENSGESCHICHTE

EINES MANNES

Bibliografische Information der Deutschen Nationalbibliothek:
Die Deutsche Nationalbibliothek verzeichnet diese Publikation in der
Deutschen Nationalbibliografie; detaillierte bibliografische Daten sind
im Internet über dnb.dnb.de abrufbar.

© 2021 Ruth Jossi
Lektorat: Barbara Traber
Satz, Umschlaggestaltung, Herstellung und Verlag:
BoD – Books on Demand, Norderstedt
ISBN 978-3-7526-1756-6

Inhalt

DER BERG

Tautropfen glitzern in den Gräsern der Alpweide; eben erst schickt die Sonne ihre Strahlen hinter dem mächtigen Berg hervor. Der Knabe kauert hinter dem Holunderbusch und sieht einer Schnecke zu, wie sie langsam vorwärtskriecht. Er ist fasziniert und sieht bald noch mehr Kleintiere, Käfer und Ameisen, die auf dem Boden herumkrabbeln. Er will seinen Vater auf das Treiben am Boden aufmerksam machen und ruft ihm zu: „Komm, schau, was sich hier unten abspielt!"

Der Vater, der mit seinen Schafen beschäftigt ist, antwortet mit mürrischer Stimme: „Das kenn ich doch. Komm, hilf du mir gescheiter mit den Tieren." Er ist im Schatten des Berges aufgewachsen, der wenige Lichtblicke durchlässt. Seine Kindheit und Jugend verbrachte er bei fremden Menschen; seine Eltern verdingten ihn, da das Essen für die vielen hungrigen Mäuler fehlte.

Nun lebt er mit seiner Familie, die schnell gross geworden ist, im Bergdorf, das am Fusse des felsigen, zerklüfteten und eisgekrönten Steinklotzes liegt. Auch er muss bereits vier Kinder grossziehen. Deshalb pflegt er neben seiner täglichen Lohnarbeit als Elektriker seine Schafe, die ihm so einen zusätzlichen Verdienst geben. Er hat keinen Sinn für die Träumereien seines Sohnes, der enttäuscht und missmutig seine kleine Naturidylle verlässt. Der Junge muss als ältester immer vernünftig sein und mithelfen, wo er nur kann.

Der Vater ist einsilbig, gleicht dem Berg, der kaum Helligkeit und Sonnenschein durchlässt; die harte Alltagsrealität gehört zu seiner Welt. Von früher Kindheit an prägt der herrische Vater, selbst zum steinharten Berg geworden, das Wesen des Kindes, das seine Fantasien im hintersten Winkel des Herzens verstecken muss. Von Bergen umschlossen wächst der Bub in einem lieblosen Umfeld heran. Früh lernt der Bursche, die eigenen Gedanken eingesperrt zu halten.

Das Elternhaus steht im Schatten der weltberühmten Bergwand und befindet sich direkt gegenüber. In den langen Wintermonaten bleibt die Sonne wochenlang hinter dem Koloss versteckt. In dieser rauen und kalten Umgebung friert die kindliche Seele ein, bevor Vertrauen entsteht.

Mit dem Ende seiner Schulzeit muss der Jüngling auswärts eine Lehrstelle annehmen. Er geht nicht freiwillig in seine Lehre im Unterland, weit weg von zu Hause. Die Familiengeschichte wiederholt sich in leicht veränderter Form; der Älteste muss gehen, da das Essen und Geld knapp reicht für den Rest der immer noch siebenköpfigen Familie. Die schmerzhafte Ausgliederung trifft den jungen Menschen heftig. Massige Felsbrocken, einer Rüfe gleich, erdrücken sein Inneres mit voller Wucht.

In einer bekannten Kaffeefirma macht er eine kaufmännische Ausbildung. Die Mutter bezieht ihren Kaffee seither von dort. Sie profitiert von den Vergünstigungen und bleibt mit dem Geschäft lebenslang verbunden.

Die fremde Stadt ist gleichzeitig bezaubernd und beängstigend. Der Horizont ist weit und grösser geworden. Kein Gletscher, weder Schneefelder noch Bergzacken versperren die Sicht. Gleichzeitig fühlt es sich so an, als ob die schützende Wand weg wäre.

Der noch knabenhafte Jugendliche ist von einem Tag zum andern plötzlich auf sich selbst gestellt. Ihm fehlen die Berge, die Natur, sein vertrautes Umfeld. Er ist vom Leben in der Stadt begeistert und trotzdem vermisst er die Familie. Die Vielfalt überwältigt ihn und verdreht ihm den Kopf. Mit all den Eindrücken ist er abends allein in seinem Mansardenzimmer. Ob er spät oder nach Feierabend heimkommt, spielt keine Rolle, kein Mensch fragt nach ihm.

Die Lichter der Stadt glänzen und leuchten, doch die Sonne in seinem Herzen bleibt verborgen. Zwischendurch flackert ein heller Schein durch; wenn er in der Beiz beim Feierabendbier sitzt, mit dem Kopf voll bunter Visionen, die er seinen Kumpel darlegt. Sie hören aufmerksam zu, bis zum ersten Einwand, der eine rege Diskussion entfacht. Im immer lauter werdenden Stimmengewirr des Lokals und der zunehmend bierseligen Stimmung am Tisch gehen seine Ideen und Vorstellungen unter. Genauso einsam fühlte er sich als Kind, als ihm niemand zuhören wollte.

Morgens, wenn er zur Arbeit geht, stolpert er verloren durch die Anonymität der Strassen, die Mittagspause verbringt er allein in der Kantine, abends bei der Heimkehr geht er einsam durch die Gassen.

Die Mutter besucht ihn öfters und bringt ihm Nahrungspakete mit; sie kommt immer heimlich. Der Vater darf nichts davon wissen. Sie teilt ihr Geheimnis mit dem ältesten Sohn.

Er entdeckt die Musik und kauft sich mit seinem Lehrlingslohn die erste Langspielplatte und ist mächtig stolz darauf. Am Wochenende kehrt er gerne nach Hause ins heimatliche Bergdorf zurück und nimmt am immer noch harten Familienalltag teil. Eines Samstagabends hört er seine geliebten „Beatles" in seinem Zimmer. Der Vater stürmt herein, stellt den Plattenspieler ab, herrscht ihn an: „Was hörst du da für Teufelszeug?" Er ergreift die Platte und zerbricht sie über seinem Knie. Er geht hinaus, wie er hereinkam, für ihn ist die Sache damit erledigt. Sein Sohn bleibt erschüttert, wütend und enttäuscht zurück.

Die Bitternis in seinem Herzen dehnt sich weiter aus.

Nach der Lehre besucht er während zweieinhalb Jahren das Gymnasium an einer Privatschule. Vor Erreichen der Matura, die ihm ein Studium ermöglicht hätte, wie er es plant, lernt er eine Finnin kennen. Er hat genug vom ständigen Lernen; es zieht ihn in die fremde Welt hinaus. Den Schulbesuch bricht er zum Ende des Semesters ab. Zuerst geht er in den Norden, wo die Eiskönigin das Sagen hat. Das kennt er, damit ist er aufgewachsen. Er lebt einige Monate bei seiner Freundin in Finnland. Sie streifen tagelang durch die Wälder der weiten Landschaft. Zwischendurch arbeitet er als Kellner in einem Genossenschaftsbetrieb. Nachdem sein Erspartes aufgebraucht ist, will der junge Mann wieder zurück in die Stadt, in der er seine ersten Jugendjahre verbracht hat. Er findet eine Arbeitsstelle als kaufmännischer Mitarbeiter in einer Verzinkerei, die in der Agglomeration der Stadt liegt. Im selben Ort mietet er eine Altbauwohnung und hat dadurch einen kurzen Arbeitsweg. Mit dem ÖV ist er schnell in der nahen Stadt, wo er einige Lokale kennt und immer irgendeinen Bekannten trifft.

Bald erwächst sein Interesse an anderen Ländern, die er besuchen möchte. Mit dem regelmässigen Lohn und seinen niedrigen Lebenskosten kann er etwas Geld zur Seite legen. Mittlerweile teilt er die Wohnung mit einem Kollegen. Sie sparen beide, da sie zusammen eine grössere Reise ausserhalb Europas planen. Das genaue Ziel und den Zeitpunkt wissen sie noch nicht.

GORDISCHER KNOTEN

In der Zwischenzeit ist der Wohnpartner Stefan zu einem guten Freund des 26-jährigen Vinzenz geworden.

Die groben Reisepläne haben sie gemacht. Zum Ende des nächsten Jahres werden Stefan und Vinzenz ihre Arbeitsstellen künden und die Reise nach Nord- und Zentralamerika starten.

Die ersten Nebelschwaden verhüllen die Häuser. Der Herbst ist da. Es ist ein gewöhnlicher Samstagabend. Vinzenz zieht es in die Stadt. In seiner Stammbeiz trifft er seine Bekannten. Er sieht zwei Frauen hereintreten, die er seit Längerem beobachtet. Das Lachen und die herzliche Ausstrahlung der einen Frau haben sein Interesse geweckt. Die Gruppe Frauen und Männer, die sich freitags oder samstags in diesem Lokal treffen, scheinen eine Clique zu sein. Sie kommt immer zusammen mit einer andern Frau. Kurze Zeit nachher geht sie an seinem Tisch vorbei zur Toilette. Bei ihrem Zurückkommen fasst er all seinen Mut zusammen und spricht sie an: „Ich heisse Vinzenz und würde dich nächsten Samstag gerne zum Essen einladen."

Die Frau, zuerst etwas verblüfft, antwortet erstaunt: „Was bewegt dich dazu? Mein Name ist übrigens Nora."

„Du bist mir schon lange aufgefallen und ich würde dich gerne kennenlernen. Wir können uns hier treffen, und ich führe dich dann in ein spezielles Restaurant aus."

Den grossen hageren Mann mit den feinen Gesichtszügen, dem Schnauz über den schmalen Lippen und der markanten Nase hat Nora in diesem Lokal auch schon gesehen. Sie trägt die dunklen Haare lang; ihr Antlitz mit den dichten Augenbrauen in der hohen Stirn und den vollen Lippen ist weich und rund geformt. Die junge Frau ist immer offen für Neues und stimmt zu. In diesem Moment strahlen Vinzenz' blaue Augen und sein verführerisches Lächeln stimmt Nora heiter. Erst seit Kurzem ist sie von einem längeren Sprachaufenthalt in Italien zurück. Die heissen Sommertage und die verflossene Liebschaft hallen länger nach, als ihr lieb ist.

Am nächsten Samstag ist Vinzenz doch ein bisschen nervös. Die Cowboystiefel und das schwarze Gilet sind seine ständigen Begleiter; sie gehören zu ihm. Auch heute Abend zieht er sie an. Mit dem weissen Hemd, den Jeans und der rot- schwarz karierten Jacke sieht er rassig aus. Er ist zufrieden und macht sich auf den Weg. Das erste Rendez-vous mit dem angeregten und interessanten Gespräch geht schnell vorbei. Die Neugier, das Prickeln des Unbekannten und die beginnende Verliebtheit fesseln die beiden jungen Menschen. Nora ist fasziniert von der nicht alltäglichen Gedankenwelt des Mannes. Vinzenz gefällt die freie, herzliche und verständnisvolle Frau, mit der er einen regen Austausch pflegt, sei es telefonisch oder in den Begegnungen. Zunächst sind es lockere Treffen, die bald einmal öfters und intensiver stattfinden. Sie schmieden Pläne für ein verlängertes gemeinsames Wochenende, das sie im Elsass verbringen. Dort werden sie ein Paar.

Anlässlich eines Besuches bei Vinzenz lernt Nora Stefan kennen, von dem Vinzenz ihr viel erzählt hat. Ein paar Wochen später bereiten die beiden Männer das

Abendessen vor. Nora kommt zum Essen. Während der gemeinsamen Mahlzeit reden sie über ihre Absichten, zu verreisen und in Britisch-Honduras den gemeinsamen Freund Roberto zu besuchen. Nora könnte sich durchaus auch eine Auszeit vorstellen, sagt aber vorläufig noch nichts dazu.

Mitte des folgenden Jahres nimmt Vinzenz das Vorhaben konkret in die Hand. Nun ist klar: Nora wird ebenfalls mitkommen. Zuerst wollen sie Noras Schwester, die mit ihrem Mann und der kleinen Tochter in Baltimore lebt, besuchen.

Ihr Aufenthalt in Virginia ist nach zwei Wochen zu Ende. Die Reise geht weiter; sie fliegen nach Los Angeles und fahren nach San Francisco, von wo sie in Tijuana die Grenze zu Mexiko passieren. Anschliessend fahren sie die Baja California hinunter und steigen in La Paz auf eine altertümliche Fähre, die sie über den Golf von Kalifornien nach Los Mochis bringt. In den nächsten Wochen entdecken sie Mexikos Schönheit wie auch seine Armut, die besonders in der Hauptstadt sichtbar wird.

Sie kommen ihrem Ziel immer näher. Die Grenze zu Belize, dem kleinen, noch nicht unabhängigen Staat in Zentralamerika, ist nicht mehr weit. Nach stundenlanger Busfahrt über holprige Wege erreichen sie das kleine Dorf Punta Gorda im Dschungel.

Roberto, der seit ein paar Jahren hier lebt, haben sie schnell gefunden. In der kleinen, engen Hütte schrauben sie die Haken für die drei Hängematten in die Wände. Für mehr als die tagsüber an einem Haken hängenden praktischen kleinen Dinger ist kein Platz vorhanden.

Ein Feuer brennt, schwarze Menschen tanzen, Trommeln tönen durch die Nacht. Es ist eine Tropennacht. Vinzenz, in dunkelblauen Latzhosen aus Manchesterstoff und beigem Hemd gekleidet, steht mit Stefan und Roberto am Feuer.

Nora ist zurückgekehrt. Nun sitzt sie allein in der Hütte, ihr ist bange. Solche Geräusche sind ihr fremd, die Selbstständigkeit und Sicherheit, die sie als Frau in Europa lebte, fällt hier im Urwalddorf in den Sand, und die Wellen des Meeres spülen sie weg. Das Archaische der Trommeln, die unbekannten Laute aus dem Urwald verleihen der Nacht eine fremde Stimmung.

Die drei Männer kommen spätnachts betrunken nach Hause. Solch ein Verhalten kennt sie nicht. Welche Veränderung liegt in der Luft? Nora spürt eine grosse Verlassenheit und Traurigkeit und würde am liebsten ihren Rucksack packen und heimreisen.

Mit der Zeit wird ihr die Lebensweise der Menschen im Dschungeldorf vertrauter. Sie geht durch die Strassen und wird gegrüsst. Die Leute kennen sie, sie gehört zum Dorf, auch wenn sie eine Fremde bleibt. In den Büschen und Sträuchern, zwischen den Bäumen und Blättern, in der Natur fühlt sie sich geborgen. Hier ist sie zu Hause, nichts ist ihr fremd. Sie liebt es, die Stille des Urwaldes und gleichzeitig die Kräfte zwischen Himmel und Erde zu spüren.

In der Dorfbar lachen die Einheimischen und die Europäerin herzhaft miteinander. Noch ist sie jung und unerfahren im Vergleich zu den reiferen Frauen. Dennoch spürt sie in dieser warmen Tropennacht die Zusammengehörigkeit der Frauen, aller Frauen dieser Welt.

Das Prasseln der Regentropfen auf dem Blechdach wiederholt sich in seiner Monotonie. Tagelang giesst es in Strömen, die Nässe, die Feuchtigkeit dringt in alles. Die Melancholie der Regenzeit lässt die Bilder der glitzernden Sonnentage in Milliarden von Regentropfen auflösen und im Nichts verdunsten.

Vinzenz ist begeistert von dem Ort, den Menschen dieses Vielvölkergemischs und der wild wachsenden Natur des Landes. Bei ihren Streifzügen entdecken die vier Europäer überall leer stehende Häuser, die überwuchert oder ganz ordentlich irgendwo im Buschwald stehen. Sie diskutieren tage- und nächtelang die Vor- und Nachteile eines Lebens ausserhalb Europas und kommen zu keinem definitiven Entscheid. Lohnt es sich, hierzubleiben, oder ist das Projekt mit zu viel Mühsal verbunden?

Nora schaukelt in der Hängematte und geniesst den erwachenden Morgen. Die Männer sind zum Fischen gefahren. Beim Einkaufen auf dem Markt, beim Kleider waschen hier am öffentlichen Wasserhahn schwatzt sie mit den Frauen des Dorfes. Ihr ist sehr wohl; trotzdem ist sie sich der grossen kulturellen Kluft zwischen ihnen bewusst.

Die Lässigkeit Robertos begeistert sie. Nora sucht seine Nähe, während sie Vinzenz aus dem Weg geht und dabei alles vergisst. Sie ist verliebt und geniesst die wenigen Momente mit Roberto.

Die Frau liegt wach, ihre Gedanken kommen nicht mehr los von der Idee, hier zu leben. Sie wägt ab: Was würde sie vermissen? Welcher Gewinn bringt ein einfaches Leben? Ist ihre Beziehung stark genug, um ein riskantes Projekt zu realisieren? Ist sie fähig, in der Abgeschiedenheit ohne ihre Familie und ihre Freundinnen von zu Hause zu existieren? Irgendwann fällt sie in einen traumlosen Schlaf. Sie wankt zwischen Euphorie und Mutlosigkeit. Je mehr sie sich ein Leben hier im Urwald mit allen Entbehrungen, die sie zu Hause selbstverständlich nicht hätte, vorstellt, umso beklommener wird ihr zumute. Während ihrer Wanderungen durch die Gegend bleiben die Fragen und Zweifel in den Lianen hängen.

Hinter dem Bretterverschlag, der sie vor neugierigen Blicken schützt, duscht sie sich mit der Blechbüchse, die sie zuvor mit Wasser gefüllt hat.

Die Europäerin, auch sie trägt Latzhosen in Altrosa. Das Kleidungsstück der ehemaligen Siedler in der Neuen Welt, hat die junge Generation für sich entdeckt. Sie sehen sie als Zeichen der Unkompliziertheit und des Aufbruchs. Die Latzhosen liegen im Trend.

Sie macht einen letzten Gang durchs Dschungeldorf und geht langsam zum Meer herunter. Ein letztes Mal will sie zu ihrem liebsten Platz unter der Palme, wo sich der Blick in der Ferne zwischen Wasser und Himmel verliert. Sie setzt sich und eine kein Ende nehmende Gedankenwelle erfasst sie. Die traditionellen Wertvorstellungen sind in allen Beteiligten zu stark verankert, als dass sie ihre Illusionen, ihre Träume und Fantasien, von denen sie immer sprechen, hätten verwirklichen können.

Sie alle stolpern über ihre eigenen Träume und leben sie nicht. Sie will keinen der Freunde verlieren und verliert sich selbst dabei. Sie schwirrt von einem zum andern und ist schliesslich nirgendwo. Auch sie läuft einer Illusion nach. Wehmut und Trauer mischen sich mit der untergehenden Sonne in Punta Gorda. Morgen fliegt sie zurück, sie kann den Abschied nicht länger aufschieben, sie muss zurück nach Europa. Ihr Urlaub ist zu Ende, sie muss wieder arbeiten.

Alle vier gehen zum Schlummertrunk in „Charlys Bar". An diesem Abend tönen keine Stimmen durch die Holzhütte. Das Fernsehgerät, das am Nachmittag installiert wurde, beherrscht als grosser Fortschritt den Raum. Die neuen Errungenschaften der Zivilisation erreichen auch den abgeschiedensten Winkel eines Urwalddorfes. Dies versetzt die jungen Menschen zuerst in Staunen und erst später merken sie: Nur ihre kindliche Naivität konnte glauben, dieser Entwicklung sei Einhalt zu gebieten.

Beim Abschiedsdrink am nächsten Mittag hat sich der Klotz im Hals der Frau gelöst. Sie sagt jedem, was sie für ihn fühlt, und fliegt ab. Vom Flugzeug aus gesehen werden ihre Freunde klein und kleiner. Sie sieht das Dorf Punta Gorda nur noch von oben. Bald werden die Mangroven Inseln sichtbar, der leichte Flug in den Himmel, der Gordische Knoten, wie sie ihre Dreiecksgeschichte nannten, entwirrt sich. Nora weiss nun, welche Entscheidung sie treffen wird. Sie nimmt sich selbst mit nach Europa und lässt die Männer zurück.

Nachdem Nora abgereist ist, haben die drei Freunde die Hoffnung auf ein Abenteuer im Busch noch nicht aufgegeben. In den Nächten schmieden sie vielseitige Pläne als Zukunftsperspektiven und nicht nur, um die entstandene Leere auszufüllen. Eines Abends teilt Roberto den andern mit: „Die Farm am Fluss bei den heissen Quellen ist zu verkaufen, ich habe dies heute in der Bar vernommen. Der Besitzer ist verstorben und hat keine Nachkommen."

Sofort herrscht unter den drei Männern ein wildes Durcheinander von Freudenrufen, Fragen und Wortfetzen. Vinzenz und Stefan beschliessen Hals über Kopf, ihre Reise nicht fortzusetzen. Mit dem verbliebenen Geld leisten sie eine Anzahlung und beginnen, das Land zu roden.

Voller Stolz telefoniert Vinzenz mit Nora.

„Du bist Mitbesitzerin einer Farm, deren Land wir nun bearbeiten." Am andern Ende bleibt es lange still. „Hallo, bist du noch da?"

„Mach es rückgängig, wenn du kannst. Ich habe das Ganze lange überdacht und mich dazu entschlossen, bei dem Projekt nicht mitzumachen. Ich werde nicht kommen", sagt sie mit belegter Stimme.

Er ist empört; damit hat er nicht gerechnet. Lange noch hält er den Hörer in seiner Hand. Die Verbindung ist längstens abgebrochen.

War sie nicht angetan von ihrer viel diskutierten Idee? Was hat sie zu dieser Umkehr bewogen? Er lässt sich nicht beirren und nimmt sich vor: Ich werde sie umstimmen! Mit ihr will er eine Familie gründen, in der Absicht, das einfache naturnahe Leben zu verwirklichen, denkt er, kehrt zurück zu seinen Freunden und übermittelt Noras Grüsse, sagt aber kein Wort von ihrem Entscheid. Er ist davon überzeugt, dass sie mitmachen wird.

Nach einem Monat Vorbereitungszeit kehren die beiden Männer nach Europa zurück. Sie wollen die nötigen Vorkehrungen treffen, um ihr Projekt endgültig zu realisieren. Fortan arbeiten beide wie besessen auf dem Bau im Akkord und schicken einen Teil ihres Verdienstes an Roberto. Laut ihrem abgemachten Plan bebaut er das Land mit neuem Saatgut, rodet weitere Parzellen und legt hinzukommende Anbauflächen an. Er aber hat keinen Elan, ohne Unterstützung Hand anzulegen, und überlässt die Farm dem Wildwuchs der Natur. Das Geld fliesst in seinen persönlichen Unterhalt und in immer grösser werdende Alkoholmengen.

Vinzenz und Stefan halten sich an ihren Plan, bis sie nach mehreren wirren Telefongesprächen merken, dass etwas schief läuft. Sofort sistieren sie die Zahlungen. Die Farm in Belize wird zur Legende – das Vorhaben scheitert personell, finanziell und ideell.

LINKE FURCHE

Vinzenz gibt nicht auf. Sein Traum vom einfachen, freien und unabhängigen Leben lässt ihn nicht mehr los. Inzwischen ist Nora schwanger; nun wird es ernst. Nach Belize kommt sie definitiv nicht. Vinzenz ist sich sicher: Wenn der passende Platz da ist, hilft sie mit, seinen Wunsch zu verwirklichen.

Vinzenz wählt für die Ziviltrauung explizit den Nationalfeiertag und kreiert mit Nora eine provokative Einladung: „Alässlech vom 689. Jubiläum vom schöne Schwyzerland u üsere Gründig vor chlinschte Zälle vom Staat lade mir zure bsinnleche Fyr y." Nicht weil er Patriot ist, sondern weil der Zivilstandsbeamte, der frei hätte, für dieses gewünschte Datum erscheinen muss.

Für das ländliche Dorf ist die Trauung mit Brautpaar, Trauzeugen und Gästen eine illustre Schar von Individualisten und Exoten. Die Braut im weissen Kleid, das zwar ein Nachthemd aus Grossmutters Kleiderkiste ist, mit dem Spitzen besetzten Dekolleté, einem Brautkleid aber in nichts nachsteht.

Der Bräutigam widersetzt sich dem vorgeschriebenen gewohnten Anzug mit Krawatte und macht in den Bluejeans, dem weissen Hemd und dem Gilet einen unüblichen Eindruck. Der Trauzeuge Johann, ein Filmemacher mit schulterlangem Haar und Oshkosh- Latzhosen, nimmt die Szene als Video auf. Der Beamte lässt sich nicht aus der Ruhe bringen und führt die Zeremonie durch, als ob's wie immer wäre. Beim anschliessenden Fest zeigt Johann das Video allen übrigen Gästen, die nicht bei der Trauung waren. Draussen im Obstgarten ist der Fernseher installiert, alle warten gespannt. Der Ehevollzug in Echtzeit spielt sich unter dem Nachthimmel noch einmal ab. Die Korken knallen, die Hurrarufe der feiernden Menschen wie die vielen klatschenden Hände kommen als breites Echo vom nahen Wald zurück. Die Vorführung krönt als einer der Höhepunkte das Fest.

Es sind nicht herkömmliche Eheringe, die ein Goldschmied aus dem Freundeskreis erst später dem Paar anfertigt. Entgegen allen andern Hochzeitstraditionen ist der Ring dennoch als Zeichen der Verbundenheit wichtig. Vinzenz wählt einen schwarzen Onyx, Nora sucht sich einen Mondstein aus. Mit der Fassung aus Weissgold entstehen individuelle und persönlich gestaltete Kunstwerke.

Durch Beziehungen finden sie einen abgelegenen Hof auf einer Waldlichtung, der am Ende einer Sackgasse steht. Bei der Besichtigung ist Vinzenz sofort Feuer und Flamme, wie vor einem halben Jahr im Urwald. Er sieht eine Zukunft für sich und seine Familie, wie er sich das gewünscht hat.

Zwar findet Nora: „Der Platz ist idyllisch und traumhaft, aber da, wo Fuchs und Hase sich Gute Nacht sagen. Doch, ich kann mir vorstellen, hier zu leben."

Beide freuen sich auf die gemeinsame Zukunft und unterschreiben eine Woche später den Vertrag. Im Spätherbst kommt die Tochter Belisia zur Welt. Sie müssen sich noch ein paar Monate gedulden, bis sie im März umziehen können. In der neuen Situation mit dem Säugling verfliegen die Wochen im Nu. An Weihnachten besucht Nora zum ersten Mal das Elternhaus von Vinzenz:

Ein stattliches dreistöckiges Haus mit einer grossen und einer kleineren Wohnung, die an Feriengäste vermietet werden. Die Familie bewohnt die enge dunkle Kellerwohnung. Die chaotische Anhäufung von Materialien, sei es in Küche, Bade- oder Wohnzimmer, erschreckt Nora.

Bei den nächsten Besuchen ab und zu im Bergdorf entpuppen sich die verwahrlosten Zustände als normal. Die Streitereien zwischen den Geschwistern oder mit den Eltern sind auch nicht die Ausnahme. Neid und Missgunst haben sich eingenistet. Nora verzichtet in Zukunft auf weitere Besuche bei den Schwiegereltern.

Beim Einzug am neuen Wohnort erklärt Vinzenz: „Hier werde ich nur noch mit den Füssen voran weggehen."

Nora ist zurückhaltender und antwortet: „So lange im Voraus kann ich nicht planen, in zehn Jahren schauen wir weiter."

Das Haus hat keinen Komfort, Warmwasser fehlt, von einem Badezimmer sowie einer Waschmaschine gar nicht zu reden, nur kaltes Wasser in der Küche und ein Plumpsklo sind vorhanden. Sie ziehen nicht allein ein; das befreundete Paar Magdalena und Bernhard, mit dem sie die letzten paar Monate zusammenlebten, kommt mit. Zusammen starten sie das Wohn- und Lebensprojekt. Voller Idealismus und Tatendrang gehen sie ans Werk.

Als Erstes muss ein Abwassergraben ausgehoben werden. Im Stall, der an den Hausteil grenzt, wird der Warmwasserboiler installiert und die entsprechenden Röhren werden verlegt. Das Badezimmer mit Lavabo,

Dusche und Waschmaschine richten sie im ehemaligen Futterraum ein. Vinzenz' Freund Franz, ebenfalls ein Bergler, der in einem Seitental des Berges aufwuchs und Pate von Belisia ist, hilft beim Umbau tatkräftig mit.

Als nach ein paar Wochen die langersehnten neuen Errungenschaften fertig sind, wissen dies alle zu schätzen. Kurz darauf streiten Vinzenz und Bernhard über die Arbeitsbeteiligung auf dem Hof. Vinzenz ist nicht zufrieden, er hat mehr Engagement erwartet. Bernhard, der in der nahen Stadt studiert, trinkt abends gerne sein Feierabendbier und geniesst die ländliche Ruhe. Vinzenz hat sich mehr Mitarbeit erhofft.

Nora, die nicht in einer Kleinfamilie leben wollte und die beiden mit ins Boot geholt hat, hat seit der Geburt ihrer Tochter andere Bedürfnisse als die ideologischen Werte. Das Zusammenleben auf engem Raum stört sie mehr und mehr. Das Haus hat vier bewohnbare Räume, wovon einer die Wohnstube ist. Sie leben mit Belisia in einem Raum, während Magdalena und Bernhard die beiden anderen Zimmer zur Verfügung haben. Bei der Verteilung hat sie nicht darauf geachtet. In einem Riesenkrach erkämpft sich die Mutter nun ihren Platz. Vinzenz kennt seine Frau nicht wieder und liebt sie dafür umso mehr. Magdalena und Bernhard ziehen wieder in die Stadt.

Die alternative Lebensweise auf der Basis von möglichst grosser Selbstversorgung begeistert Ende der 1970er-Jahre viele junge Menschen. Manche Städter ziehen in ein verlassenes Gehöft und bebauen die Felder, halten allerlei Tiere, teilweise auch fremdländisches Getier, wie die Alteingesessenen sagen. Das Credo aller lautet: zurück zu den Wurzeln. Vinzenz ist nicht der Einzige; mit seinem visionären Denken ist er seinen Mitmenschen immer einen Schritt voraus und wird selten verstanden. Die Einheimischen sehen die Leute als Sonderlinge und Aussteiger. Auch in der dörflichen Gemeinde, wo Vinzenz mit seiner Familie lebt, bleiben sie andersartig und seltsam. Der Briefträger darf die Post nicht mehr auf den Küchentisch legen wie beim alten Bauer Hans. Neben der Haustür befestigt Vinzenz einen Saatkorb aus dem Keller als Briefkasten. Auch hinter der Haustüre will Nora ihre Privatsphäre, sei es für Mensch oder Tier. Die Hühner, die bei Hans frei herumspazierten und in der Küche manchen Brotsamen aufpickten, muss Vinzenz sofort hinter Zaun und Gitter setzen.

Vinzenz nennt die Waldlichtung „die autonome Republik", da redet ihm kein Mensch drein, und was hinter vorgehaltener Hand gesagt wird, interessiert ihn nicht. Die Illusion, die restlichen drei Häuser auf der Lichtung mit Gleichgesinnten zu füllen, haftet in seinem Kopf und lässt oft in Gesprächen seine autonome Republik Realität werden.

Die ersten Schafe weiden auf dem umliegenden Land. Es ist erst der Anfang einer immer grösser werdenden Schar von Tieren aller Art: Hühner, Schweine, Kaninchen, Pferd, Geissen, Gänse, Laufenten und Katzen. Die Tierhaltung ist ein Zweig in der Bewirtschaftung des Hofes.

Vinzenz besucht Kurse in biologischem Landbau, Obstbaumpflege, und arbeitet auf seinem Land. Die klein- und grosskarierten Hemden, die er in der Vergangenheit getragen hat, hat er ausgewechselt zu den beliebten blauen oder grauen Edelweisshemden und zieht sie täglich an. Seit er den Hof bewirtschaftet, sind Überhosen und eine blaue oder grüne Helly-Hansen-Jacke sein neuer Kleidungsstandard. Dazu gehörend selbstverständlich sein geliebtes Gilet.

Eines Abends kehrt Vinzenz von seiner Lieferungstour in der Stadt mit einem jungen Mann nach Hause zurück. Nichts Aussergewöhnliches, öfters taucht er mit neuen Bekannten auf. Der Mann, eben von seiner Freundin getrennt, sucht eine Unterkunft. Sie haben genügend Platz und bieten ihm ein Zimmer an. Er bleibt während der Sommermonate und ist eine tatkräftige Hilfe. Bekannte nennen den sonnigen und kommunikativen Mann Hausfreund mit Familienanschluss. Mit Betonung auf Hausfreund, da nicht ganz klar wird, wessen Freund er nun ist.

Die Vielfältigkeit ihrer Produkte, die sie ab dem zweiten Frühling auf einem Wochenmarkt anbieten, erfordert einen grossen Arbeitseinsatz. Die selbst gemachten Sirupe, Konfitüren und die Gläser mit gemischtem Essiggemüse sind ein Renner. In unzähligen Nachtschichten, wenn die Kinder versorgt in ihren Betten liegen, bereitet Nora teils allein, oft mithilfe des Hausfreundes die Spezialitäten zu.

Am Freitag, dem jeweiligen Vorbereitungstag, stellt Nora Blumensträusse zusammen. Die bunte Farbenpracht von Kornblumen, Margeriten, Bartnelken, Cosmeas, Sonnenblumen und manchen mehr, die am Samstag auf dem Markttisch stehen, freut Nora, das Blumenkind, in hohem Masse. Sie ist stark in der Erde verwurzelt und lebt mit der Natur, die wie die Jahreszeiten wandelbar sind; bezeichnenderweise trägt sie in der Ritualgruppe den Beinamen Radix.

Der Gemüseanbau und der Verkauf der Produkte mit dem wöchentlichen Marktstand erzielt jedoch einen mageren Ertrag. Nach den drei ersten Jahren zieht Nora Bilanz: „Dieses Geschäft ist nicht einmal kostendeckend, vor allem der beträchtliche Aufwand kann gar nicht gerechnet werden. Also ist es ein Verlustgeschäft und bringt keinen Gewinn."

Vinzenz erklärt: „Die Arbeit rechne ich nicht, für mich sind die ideologischen Werte wichtiger als die klingenden Münzen."

Nora muss sich mit dieser Antwort zufriedengeben, obwohl sie die Aussage nicht nachvollziehen kann. Wie oft schon hat sie versucht, ihm die realen Tatsachen darzulegen? Vergebens: Vinzenz ist und bleibt ein Träumer. Im Alltag zeigen sich die ersten Risse, die der einstigen Bezauberung des ungewöhnlichen Mannes weichen. Der Verdienst als Landwirt, als den Vinzenz sich versteht, reicht sowieso nicht, um die nötigen Lebenskosten zu decken, ist ihre Meinung. Vorläufig hat er eine befristete Teilzeitstelle im Statistischen Amt. Dort brauchen sie Mitarbeiter für die letzte Volkszählung, die die Daten erfassen, zum grossen Glück für die junge Familie.

Für Nora ist klar, dass sie weiter in ihrem Beruf arbeiten will. In der Nachbargemeinde bietet sich die passende Stelle in der Gemeindepflege an. Sie liebt ihre Tätigkeit und ist froh, für ein paar Stunden den häuslichen Alltag und Belisias Betreuung hinter sich zu lassen und sich neuen Menschen zuzuwenden. Während Nora ihrem

Wirken nachgeht, sorgt Vinzenz für Belisia, kocht und schaut zum Rechten, wie er immer betont.

Im Haus befindet sich ein Brotbackofen, der von der Küche aus angefeuert wird; doch nur einmal machten sie den Versuch, zu backen. Innert Kürze ist der Raum eingehüllt in dicke beissende Rauchschwaden. Die Funktionstüchtigkeit des Ofens ist am Ende. Sie lassen es sein und kaufen das Brot von nun an wie alle Leute.

Die ersten kühlen Nächte und der feine Morgennebel, der über den Boden kriecht, kündet die kalte Jahreszeit an. Der Heizvorrat muss besorgt werden. Vinzenz bestellt beim benachbarten Bauer das nötige Holz. Der Mann mit der hohen Stimme, die einer Frau gehören könnte, lädt anderntags vier Klafter Tannen- und Buchenspalten plus die „Wedelen", die Reisigbündel, oberhalb des Hauses ab.

In den nächsten Wochen steht unterhalb des Hauses die Fräse, die bis zum ersten Frost täglich singt. Vinzenz zersägt die grossen Stücke und zerteilt sie anschliessend in kleine Scheite, die Nora zur Beige aufschichtet und den Wintervorrat anlegt. Frühmorgens in der klammen Kälte der Wohnung heizen sie den Tiba-Herd und den Trittofen ein. In der Feuerstelle des Trittofens hält Vinzenz ein brennendes Streichholz unter das Zeitungspapier, das im Reisigbündel steckt, die Tannenhölzer hat er darüber geschichtet. Alsbald züngeln die Flammen an dem Haufen entlang; bald knistert und knackt das Feuer und wärmt die Stube langsam auf. Im Herd lodern die Scheite, sodass die Temperatur merklich steigt, und sie nun bei angenehmer Zimmertemperatur zusammen frühstücken können. Die nach und nach hineingelegten Buchenspalten erhitzen den Trittofen tagsüber derart stark, dass sich niemand abzusitzen getraut hätte. Erst in den Abendstunden geniessen sie die wohlige Wärme des Ofens; die dunklen langen Nächte bereiten der Musse, die zuvor gar kein Platz fand, die flauschige Decke darauf aus.

Vier Jahre später kündigt sich das zweite Kind an. Wiederum im Spätherbst bringt Nora einen Sohn zur Welt. Der stolze Vater hält sein Söhnchen Pedro im Arm und ist glücklich. Jetzt ist auch ihm klar, dass er sich um ein regelmässiges Einkommen bemühen muss. Nach einigem Suchen findet er die ihm entsprechende Stelle im Flüchtlingswesen und ist sofort in seinem Element. In der ersten Zeit sind es vor allem Tamilen, die um Asyl ersuchen. Bei einem Unternehmer aus dem Dorf pachtet Vinzenz ein Stück Land, um das Gemüse für den täglichen Gebrauch zu pflanzen und die Leute sinnvoll zu beschäftigen. Später sind es Kurden, die in der Unterkunft leben. Die verschiedenen Menschen, die vielfältigen Sprachen, die fremden Kulturen begeistern ihn, zugleich sind da viele untätige Hände, die ihm auf dem Feld oder im Gemüseacker seines Hofes helfen wollen und können.

Die Aktualität in der Flüchtlingsthematik nimmt ein Schriftsteller zum Anlass für sein neues Theaterstück. Er stellt eine Laiengruppe zusammen. Vinzenz ist mit Leib und Seele dabei und spielt die Rolle eines Flüchtlings. Ein paar Freunde von Vinzenz sind in das Theaterprojekt involviert. Die Aufführungsorte finden auf den Bühnen der regionalen Gasthöfe statt. Vinzenz fühlt sich wohl in der Theatergruppe, auch wenn sie einen mässigen Erfolg verzeichnen.

Die auswärtige Erwerbsarbeit teilen sich Vinzenz und Nora hälftig auf und organisieren sich als Eltern so, dass jeweils Vater oder Mutter zu Hause sind.

Belisia und Pedro wachsen heran. Die Arbeit im Haus, mit den Kindern, im Garten und mit den Tieren geht nie aus. Vinzenz kann mit Gästen jeglicher Couleur, die immer sehr zahlreich sind, Hof halten, unendlich lange Gespräche und Diskussionen führen, während das Unkraut in der Gemüsepflanzung munter weiter wuchert. Ihn stört dies nicht – im Gegensatz zu seiner Frau.

„Wachstum ist für mich ein Naturgesetz", erklärt er ihr, während sie gerne einmal alles erledigt hätte.

Je länger, je mehr hat Nora seine ideologischen Sprüche satt. Die Sätze sind meist schnell geformt und dahingesagt, doch seine Ansichten über ein besseres Leben, von dem er immer spricht, entsprechen nicht den Tatsachen in seinem realen Leben. Die dauernden Versprechen, die nie eintreffen, zermürben sie zusehends.

Es ist abends zehn Uhr, die Kinder schlafen friedlich in ihren Betten. Nora wartet auf ihren Ehemann, wie schon so oft. Wie viele Stunden hat sie wartend, erstmals besorgt, dann enttäuscht, am Schluss wütend und letztlich traurig verbracht? Es ist nicht das erste Mal, dass sie sich verschaukelt fühlt. Nimmt ihr Mann sie überhaupt noch ernst? Wohin hat sich die Liebe verflüchtigt? Die ausgesprochenen Worte Vinzenz' haften fest wie Kletten an ihr und ersticken ihren Humor und das fröhliche Lachen. Ist das nun die Ehe, die Lebensgemeinschaft, von der sie geträumt hatten?

Die unerfüllten Wünsche nach Geborgenheit und Zärtlichkeit lassen der Sehnsucht freien Lauf. Aus Erfahrung weiss sie, wenn er in die Stadt in den Ausgang geht, kehrt er meistens erst am andern Morgen zurück. Nach den ersten solchen Vorkommnissen verlangte sie Erklärungen, die Vinzenz immer mit dem Ausspruch „Ich bin ein freier Mensch und mache, was ich will" rechtfertigte.

Nora, die bereits als Kind gelernt hat, sich anzupassen, schickt sich, so gut sie kann, in die Situation und behält ihre Gefühle für andere verborgen. Widerwillig füttert sie am nächsten Morgen die blökenden Schafe, die ja kein Verschulden an der unzuverlässigen Seite ihres Chefs tragen. Nora, die nie Tiere wollte, erbarmt sich der hungrigen Schafe, Hühner, Kaninchen, Schweine und Katzen. Kurze Zeit darauf taucht Vinzenz auf, als ob alles in bester Ordnung wäre. Nora schluckt ihren Ärger herunter, weil sie keinen Streit heraufbeschwören will. Die bodenlose Frechheit und grobe Arroganz ihres Mannes spült sie mit dem Abwaschwasser den Trog hinunter. Längstens hat sie sich mit der widerwärtigen Rücksichtslosigkeit ihres Mannes abgefunden. Das erste Ventil, die Wut herauszuschreien, tut gut, aber dauert nur kurzfristig, auf länger zerstört und zerfrisst sie schliesslich das Selbstgefühl und hilft rein gar nichts.

Nora ist seit Langem an der astrologischen Deutung der Planetenaspekte und ihre Einflüsse zur Geburtsstunde eines Menschen, das sich als persönliches Grundhoroskop zeigt, interessiert. „Irgendwie müssen die Sterne einen Einfluss auf unser Schicksal haben", denkt sie.

Dem schwierigen Zusammenleben versucht sie, auf diesem Weg auf die Spur zu kommen. In einem astrologischen Beratungsgespräch, das sie aufzeichnet und später abhört, stellt sie zu Beginn des Dialoges fest, wie das laute „Kikeriki" von Isidor, ihrem prächtigen Gockel, die Worte fast übertönt. Sie kichert in sich hinein und sieht den stolzen Hahn mit den bunten Schwanzfedern vor sich, wie er den Kamm stellt, die Brust herausstellt, den Schnabel weit aufreisst und nicht nur in der Morgendämmerung seinen Hahnenschrei hinauskräht. Zufälligerweise ist sein Ruf nun auf dem Tonband verewigt.

Sei es der Heuet, die Kartoffelernte, die ansteht, oder das Jäten im Gemüseacker – Vinzenz findet immer genügend Personen, die gerne mithelfen. In den vorangehenden Besprechungen, was zu tun sei, beherrscht er das Delegieren wie kein Zweiter. Meistens packen vor allem die hergeholten Leute an, während er sich mit der Ausrede des Kochens davonstiehlt. Zweifelsohne sind seine Kochkünste ausgezeichnet.

Am letzten Tag des Heuets fährt er mit dem Einachser aufs Feld, wo das dürr gewordene Gras in Reihen bereitliegt; das während zwei oder drei Tagen vorher mehrmals gekehrt und gewendet wurde. Dazu fehlt es glücklicherweise nicht an motivierten Frauen und Männer, die liebend gerne die Heugabel schwingen.

Nora kann dem langweiligen, mühsamen Kehren und Wenden, dem Rechen in endlos langen Reihen, keine Freude abgewinnen. Sie ist froh um jede Hand, die zupackt, und geht mit Hacke und Kessel die Pflanzung jäten. Oft begleitet sie eine Freundin, die auch lieber in den wachsenden Pflanzen grübelt, als sich mit dem vertrockneten Gras abzugeben. Das Fuder wird geladen, zur Freude der Kinder, die sich im weichen Heu einen Platz erobern und mit zur Tenne fahren. Immer am Ende des Tagwerks feiert Vinzenz mit seinen Helferinnen und Helfern den erfolgreichen Abschluss mit einem reichhaltigen köstlichen Essen und ausgiebigem Trinken.

Über Nacht hat sich der Winter angekündigt. Draussen liegt eine erste feine Schneeschicht. Die Erde ruht, nicht aber die Menschen. Jeweils im Dezember findet die „Metzgete" statt, die insgesamt eine ganze Woche in Anspruch nimmt. Der Störmetzger Fritz, der auf dem benachbarten Bauernhof lebt, kommt und setzt den beiden Schweinen, die nach der Morgenfütterung wie gewohnt in ihren Aussenbereich gehen, den Bolzen auf den Kopf und drückt ab. Die Tiere fallen sofort tot um.

Im ehemaligen Waschzuber brennt seit den frühen Morgenstunden das Feuer, um die Wassermenge zum Siedepunkt zu bringen. Fritz und Vinzenz füllen damit den grossen Bottich, in dem sie die beiden leblosen Körper brühen und entborsten. Für die Blutwürste sammeln sie einen Teil des frischen Blutes in einem Kessel. Die Flüssigkeit bereitet Fritz nach altem Hausrezept zu und mengt Salz, verschiedene Gewürze und Milch bei und weist Nora an, alles aufzukochen. Die Masse wird dann in den Keller gestellt und am nächsten Tag zu Blutwürsten verarbeitet. Ebenso werden die Würste aus der Leberwurstmasse, die aus gekochter Leber, Rosinen und Gewürzen besteht, in gleicher Weise zubereitet. Fritz teilt den Rumpf der beiden Tiere je mitten durch und hängt die Teile für zwei Tage in den Keller. Erst dann zerlegt er die grossen Stücke zu Braten, Koteletts, Filets, Steaks, Entrecotes, Hackfleisch und zu anderem mehr. Die vier Schinken legt Vinzenz in Salzlake ein. Nach mehreren

Wochen bringt er sie ins Nachbarhaus, wo sie im offenen Kamin in der alten Weise geräuchert werden.

Am Schlachttag ist Nora ununterbrochen beschäftigt, Wasser zu kochen, die Feuer am Brennen zu halten und Essen vorzubereiten. Zusätzlich fordern Belisia und Pedro ihre Aufmerksamkeit. Draussen stürmt und schneit es. Der Wind heult ums Haus. Plötzlich zuckt ein Blitz grell durch die Dämmerung. Der kurz darauf folgende Donner lässt die Wände erzittern. Der winterliche Gewittersturm entlädt sich über der Lichtung, die in der geisterhaften Stimmung und im Schneesturm versinkt.

Nora ist unwohl.

Die obszönen und sexistischen Sprüche und Witze von Fritz im Verlaufe des ganzen Tages und beim letzten Schnaps-Kaffee sind besonders primitiv gewesen und verschärfen die allgemeine Anspannung. Die Frau ist ihm ausgeliefert und mag so nicht mitreden, was ihn zu noch deftigerem Gehalt anstachelt. Vinzenz lässt sie im Schlamassel hocken und unterstützt sie in keiner Weise. Umso erleichterter ist Nora, als sich Fritz verabschiedet, weil er seine Kühe melken muss.

Die Bewilligung für den Marktstand hat Vinzenz nicht mehr erneuert. Durch sein regelmässiges Einkommen ist er auf die wenigen Franken nicht mehr angewiesen. Er beliefert nun zwei Restaurants mit seinem Gemüse und den Eiern, eines im nahen Dorf, das andere in der Stadt. Utopisches Fabulieren, Prahlen und Aufschneiden über all seine Leistungen am Wirtshaustisch ist mitunter Vinzenz' Lieblingsbeschäftigung. Somit bietet sich immer eine Gelegenheit, seinem Hobby zu frönen.

Freunde, die manchmal dabei sind, hinterfragen seine Worte; sie gehen nicht auf mit der Wirklichkeit, die sie bei der Mithilfe auf dem Hof und in seinem Tun erleben, und erzählen Nora von den Hirngespinsten ihres Ehemannes. Sie kennt das nur zu gut. Nach draussen hin glänzt er, drinnen verströmt er Verschlossenheit und gefühlsmässige Einöde.

Die Kundschaft, die neu auch an gesundem Fleisch interessiert ist, vergrössert sich laufend, zur grossen Freude von Vinzenz, der den Erfolg und die Anerkennung seines Wirkens darin sieht. Der natürliche Anbau ohne Pestizide und giftige Zusatzstoffe sind für ihn so klar wie der Bergbach aus seinem Dorf. In dieser Zeit blühen die ersten Biobetriebe auf. Auch er hat Grosses vor, strebt das Bio-Label an und wird sofort Mitglied der Schweizerischen Vereinigung. Von Anfang an hatte er den Boden biologisch bebaut und sieht sich als Pionier; der Hof wird von der Verbindung zum Bio-Kontrollbetrieb erklärt, was er voller Befriedigung überall erzählt, auch jenen, die es gar nicht wissen wollen.

Das heisst, jeden Frühling kommen die Kontrolleure und überprüfen das Futter, die Düngemittel des Bodens, die Tierhaltung, den Gemüseacker und schauen in die hinterste Ecke des Hauses und des Nebengebäudes. Einzig die Wohnung gehört nicht zum Kontrollgebiet.

Im Blumengarten vor dem Haus streut Nora bei grosser Plage Schneckenkörner, da sie nicht mehrmals anpflanzen will. Vinzenz weiss es und bittet sie, die Packung nicht draussen beim Brunnen zu deponieren. In ihren Nachttischen sind die kleinen Spielverderber gut versteckt; kein Kontrolleur wird jemals dort nachschauen.

Vinzenz ist mächtig stolz auf sein nachhaltiges Projekt; er weist bei jeder sich bietenden Gelegenheit darauf hin und betont mit Nachdruck die Wichtigkeit solcher Entwürfe:

„In unserer Zeit braucht es mehr und mehr innovativen, aufbauenden Mut, etwas zu tun und zu verändern."

Im Winter sind die Strassenverhältnisse zeitweise sehr prekär. Oft kommt Nora nur dank dem mühsamen Aufziehen der Ketten am Auto endlich nach Hause und beklagt sich darüber. Dann entgegnet ihr Vinzenz leichthin: „Such dir einen Platz im Tal unten und du bist die Sorgen los."

Sie horcht auf. Wie meint er das? Sagt aber nichts.

Die unterschiedlichen Wahrnehmungen sind offensichtlich. Dennoch halten beide die Sehnsüchte, Wünsche und Hoffnungen auf bessere Zeiten aufrecht. Mehr als einmal, nachdem Nora beim Steilhang ohne Ketten keine Chance hatte, wählt sie den Weg über die Egg. In der Regel sind die Schneeverwehungen zu hoch, sodass ihr Auto stecken bleibt. Sie geht durchs kalte Schneegestöber mit dem eisigen Wind und holt Fritz, der mit dem Traktor den Wagen auf den fahrbaren Weg bringt. Vergessen sind die anzüglichen Bemerkungen bei der Schlachtung der Schweine. Nora ist dankbar für seine Hilfe, die sie jederzeit in Anspruch nehmen kann.

Vor ein paar Wochen hat Vinzenz seinen Ehering verloren. Für Nora ist das ein schlechtes Omen. Er ist davon überzeugt, dass der Ring wieder zum Vorschein kommt.

Noras Kollege, der „Taglöhner" Kari, wie sie ihn nennen, der in der Stadt einen anstrengenden Sozialarbeiterjob hat, kommt als Ausgleich einen Tag in der Woche zur Mithilfe auf den Hof und nimmt seinen Lohn in Form von Gemüse, Beeren, Fleisch und Eiern mit. Eines Tages jätet Kari auf dem Gemüseacker und fragt sich: „Was blinkt denn da?" Zwischen Unkrautwurzeln und Erde findet er einen kunstvollen Ring und bringt ihn ins Haus.

„Wahrlich, du hast den Ehering gefunden!", ruft Nora erfreut und Vinzenz triumphiert: „Ich hab doch gesagt, dass er nicht verschwunden ist!"

Nora steht draussen und schaut in den Nachthimmel hinauf. Wenig später leuchtet eine meteoritische Stern-schnuppe am Firmament auf. Sie schickt ihren Wunsch nach wiederkehrender Liebe ins Universum.

Vinzenz hat Nachtschicht im Flüchtlingsheim, Nora ist allein mit den Kindern. Mitten in der Nacht beleuch-ten zwei Scheinwerfer das Haus. In Noras Schlafzimmer, das im oberen Stockwerk über der Küche liegt, wird es fast taghell. Sie erwacht, reibt sich die Augen und mur-melt: „Was ist los?" Ohne Licht zu machen, tappt sie im Dunkeln vorwärts hinunter in die Küche, um im Fenster Näheres zu sehen. Sie hat Angst und versteckt sich hinter dem hölzernen Teil der Haustüre. Schlaftrunken steht plötzlich Pedro neben ihr und fragt: „Was passiert da?"

„Ich weiss es nicht, duck dich, draussen steht ein frem-des Auto!"

Ein „Gangster-Citroen" steht auf der Strasse; durchs Fenster erspäht sie schattenhaft zwei Umrisse hinter der Windschutzscheibe. Ein nächtlicher Überfall? Zwei fremde Männer steigen aus. Sie kommen näher, schauen durchs Fenster. Mutter und Kind verharren mäuschenstill mit klopfendem Herzen hinter der Tür. Die Männer rufen, die Stimmen scheinen Nora bekannt zu sein. Sie richtet sich auf und schaut noch einmal genauer hin. Endlich erkennt sie die beiden Nachtschwärmer. Sie öffnet die Tür. Stefan und Franz waren im nahen Dorf auf Beizenkehr und beschlossen, Vinzenz, den gemeinsamen Freund, zu besuchen. Entspannt atmet sie auf, schickt Pedro ins Bett und feiert mit den Freunden das Wiedersehen. Stefan hat sie seit Belize nicht mehr gesehen.

Morgens ist Vinzenz nicht wenig erstaunt, als er das fremde Auto sieht. In der Küche sitzen Nora, Franz und Stefan. Freudig lachend und herzlich begrüssen sich die alten Freunde.

Vinzenz will seinen Tierbestand um eine Kuh vergrössern. Im Gespräch mit Nora, die nicht besonders tierliebend ist, drückt sie sich abschliessend aus: „Entweder die Kuh oder ich!" Heute setzt sie sich ihm entgegen. Darauf sagt er das Angebot ab. Normalerweise, wenn er etwas will, zieht er seine Idee ohne Rücksicht auf sein Umfeld durch. Stur, egoistisch und verbissen: So erreicht er seine Ziele. Sie schöpft erneut Hoffnung.

Die Zukunft erscheint ihr weniger düster als noch gestern. Sie kennt diese Gefühlsschwankungen nur zu gut und misstraut ihnen trotzdem, denn mehr als einmal täuschte sie sich.

Noras 40. Geburtstag steht bevor. Sie plant ein grosses Fest hinten in der Sandsteingrube. Die Bühne bauen Franz, der Zimmermann ist, der Hausfreund, der Dachdecker ist, mit Vinzenz gemeinsam auf. Die Band, in der ein Freund Noras spielt, ist organisiert. Den Generator, der den Strom liefert, platzieren sie gut versteckt oberhalb des Felsens, der das Festgelände nach hinten abschliesst.

Der Feiertag ist angebrochen.

Mit dem neuen Kurzhaarschnitt sieht Nora wesentlich jünger aus.

Die festlich geschmückten Tische mit allerlei Blumen aus Noras Paradies und Bänke stehen bereit. Die aufgespiesste, mit Kräutern und verschiedenem Gemüse gefüllte Wildsau brutzelt bald über dem Feuer. Auf dem freien Feld der Lichtung überrascht eine Freundin Noras die Gästeschar mit vierzig farbigen Ballons, die mit guten Wünschen gefüllt dem weiten Himmel zufliegen.

Nach dem Festmahl tanzen die Erwachsenen mit den vielen kleinen und grösseren Kindern sowie ebenfalls Vinzenz und Nora zu den Musette-Klängen der Musikergruppe namens „Tutti Frutti". Die Füsse des attraktiven Paares, die über den Waldboden huschen, stehen in grobem Missverhältnis zueinander: Sie tanzt barfüssig und leicht, während er mit den Gummistiefeln sich bemüht, das Tanzbein zu schwingen.

Am andern Tag geht das Festen und Lachen weiter. Die meisten Leute sind dageblieben und haben in ihren Zelten übernachtet. Die Fröhlichkeit der bunten Schar Menschen dauert bis zum Abend an. Erst als es dunkel wird, gehen die letzten Freunde. Am nächsten Morgen bringt Vinzenz die Tische, Bänke und den Generator zurück. Das Geschirr, die Gläser, Tassen und Besteck gibt Nora am Nachmittag im Geschäft ab, in welchem sie die Gegenstände gemietet hatte.

Franz, Vinzenz und der Hausfreund brechen während dieser Zeit die Bühne ab. Am Schluss des Tages sitzen sie zusammen und sind sich alle einig: Das Superfest wird noch lange in guter Erinnerung bleiben. Zusammen Feste organisieren, das beherrschen Vinzenz und Nora, da gibt es keine Missverständnisse wie in ihrer Beziehung.

Hans hat Heimweh nach seinem „Heimet". Auf dem Bauernhof seines Sohnes fühlt er sich nicht zu Hause und möchte zurückkehren, was aber so nicht geht, da der Hof an Vinzenz und Nora vermietet ist. Darauf lässt der Sohn im hinteren Teil der Tenne ein Zimmer mit WC einbauen. Sein Vater ist glücklich, als er dort einzieht und nun wieder auf seinem „Heimet", wo er geboren wurde, leben kann.

Der Grossätti ist bei Vinzenz und den Kindern sehr beliebt. Täglich raucht er seinen Stumpen, wie das die Grossväter auf dem Land halt so machen. Bei schönem Wetter draussen auf seiner Bank hinter dem Haus, wo der Sonnenuntergang gut sichtbar ist; bei Regen oder Kälte zieht er lieber drinnen an seiner Toscani. Vinzenz kann mit ihm fachsimpeln und einen Kaffee-Schnaps trinken, während die Kinder vor allem seine Güetzli-büchse mit den „petits beurres" im Auge haben.

Der alte Mann ist immer bereit zu einem Schwatz, freut sich über den Enthusiasmus des jungen Bauern, der sein Land bebaut, wie sie dies früher gemacht hatten. Seine Frau ist ihm sympathisch, denn sie nimmt regen Anteil an seinem Leben. Nur selten, wenn er sie zum Kaffee einlädt, sitzt sie in der rauchgeschwängerten

Stube ab und gönnt sich und ihm etwas Zeit. Ihr unermüdlicher Arbeitseinsatz scheint dem ihres Mannes um ein Vielfaches zu übersteigen. „Wahrhaftig, eine tüchtige Frau", denkt er und sagt seine Meinung Vinzenz bei der nächsten Gelegenheit.

„Deine Frau ist sehr tüchtig, sie sieht die Arbeit und packt sogleich an." Hat er seine Worte überhaupt gehört?

Vinzenz geht nicht darauf ein und kommt sofort zu seiner Frage: „Mit welchen Mitteln oder Pflanzen habt ihr früher den Pilzbefall bekämpft?"

Der alte Bauer zeigt ihm verschiedene Handfertigkeiten, unter anderem die Kunst, Wedelen anzufertigen. Auf dem alten Wedelenbock werden die dünnen und dickeren Äste zu einem Bündel zusammengelegt und dann mit feinem Draht umwickelt. Er verbringt des Öfteren hinten am Waldrand seine Nachmittage und stellt Wedelen her. Nach dem Holzschlag, den sein Sohn alljährlich ausführt, gibt es viel Astwerk, das zu verarbeiten ist. Der Grossätti liebt das Wedelen machen an der frischen Luft. Der alte Mann mit „Zötteli Chappe" auf dem Haupt, dem Stumpen im Mund, mit den Halbleinenhosen und den schweren Schuhen erscheint wie ein Bild aus Gotthelfs Zeiten.

DER KRISTALL

Immer öfters verstricken Vinzenz und Nora sich in grundlegende Differenzen. Meistens enden die Diskussionen im Streit. Vinzenz trinkt gerne Rotwein oder Kaffee mit seinem selbstgebrannten Schnaps, besonders während Auseinandersetzungen schüttet er den Alkohol in sich hinein. In der Trunkenheit klagt er sein Gegenüber mit boshaften und niederträchtigen Worten an und verletzt die Person tief mit all seinen erfundenen Anschuldigungen. Die immer nach dem gleichen Muster ablaufenden unzähligen Anklagen und Gespräche zermartern Noras Seele und Kopf. Das Gespräch, das sie so lange suchte, versoff gänzlich im Alkohol. Die Luft ist stickig, Nora fühlt sich elend. Nicht nur der Magen ist in Aufruhr, in der Seele verletzt fühlt sie sich unverstanden, das wiederkehrende Würgen und Zusammenziehen des Magens treibt sie hinaus. Dort kotzt sie die ganze Scheisse und all die Frustrationen heraus, auf den Misthaufen vor dem Haus, wo der Kot letztlich hingehört.

Nach Langem ist Vinzenz endlich bereit, fremde Hilfe für ihre Beziehung anzunehmen. Das Paar beginnt eine Ehetherapie, von der sie sich einiges erhoffen. Nach mehreren Sitzungen, in denen sie sich im Kreis drehen, beendet die Therapeutin die Behandlung mit dem ernüchternden Fazit: „Ihr steht euch gegenseitig in der Sonne! Ich kann euch nicht weiterhelfen." Sie nehmen dies zur Kenntnis, ändern aber vorläufig nichts.

Die gemeinsamen Ferien sind Nora besonders wichtig. Eine befreundete Familie aus der Stadt schaut jeweilen zu Tieren und Hof, wenn sie weg sind, ein Glücksfall, den sie beidseitig hochhalten. Nur einmal verbringt die Familie ihre Ferien im Sommer. Nora hat sich gegen Vinzenz' Einwände durchgesetzt. Sie will in der besten Saison nach Irland, dem Keltenland, von dem ihr Mann oft Geschichten und Weisheiten der Druiden erzählt und kommentiert. Aus Spass setzt er sich zeitweilig eine John-Lennon-Brille auf, was ihm einen intellektuellen Ausdruck verleiht und bestens zu seinen geistigen Höhenflügen passt. In Wirklichkeit benötigt er gar keine Brille, da sein scharfer Blick einem Bussard gleichkommt. Nach langer Überfahrt kommen sie am Morgen in Irland an. Die abwechslungsreiche Fahrt zu ihrem Ziel führt sie durch Haine, weite Landschaften mit kleinen Seen, entlang an vielen Mooren. Am Nachmittag erreichen sie das gemietete Haus, idyllisch an einem See gelegen. Sie richten sich ein und verbringen den ersten Abend gemeinsam. Die folgenden Abende sitzen die Mutter und ihre beiden Kinder alleine am Tisch. Der Vater ist im nahe gelegenen Pub und fühlt sich seit ihrer Ankunft dort zu Hause. Seine Familie vergisst er dabei. Zwar unternehmen sie tagsüber zusammen Ausflüge in der näheren und weiteren Umgebung, doch für Nora reicht dies nicht.

Während der Wanderungen lässt sie ihre Traurigkeit in die unendliche Tiefe der zahlreichen Moore sinken. Vinzenz bemerkt nichts davon. Die uneinsichtige Haltung ihres Mannes lassen die Hoffnung und den Mut sinken, ohnmächtig ist sie dem Geschehen ausgeliefert, und dies nicht erst seit heute. Der Mann, mit dem sie ihre Kinder gezeugt hatte, ist einem anderen Geist zugetan als dem der Familie, den er nie erfahren hat. Allein gelassen, resigniert und betrübt geht sie schlafen.

An Noras Geburtstag schenkt Vinzenz ihr einen Kristall, der jetzt auf dem Tischchen vor ihr liegt. Sie sitzt am Feuer, nimmt den Stein in die Hand und sinniert vor sich hin: „So klar und transparent wünsche ich mir unsere Beziehung."

Spätabends kehrt Vinzenz ins Cottage zurück. Die Kinder schlafen längst. Nora empört sich über seine ständige Abwesenheit. Verdriesslich wendet er ein: „Ich habe schliesslich Ferien. Es ist mein gutes Recht, mir etwas Gutes zu tun."

Die jahrelange Hoffnung auf eine Veränderung ihres Mannes entschwindet in die finstere Nacht. Innert Kürze verwickeln sie sich in einen heftigen Streit. Wortfetzen fliegen hin und her. Das Prasseln des Feuers, die züngelnden Flammen, die den dunklen Raum erhellen, verbreiten eher eine gespenstische als eine romantische Stimmung. Mit jedem neuen Satz, den Vinzenz ausspricht, verstärkt sich Noras Wut. Die aufkommende Klarheit verleiht ihr Mut und Kraft, den gefassten Entschluss in Worte zu fassen.

„Zu Hause werde ich dich verlassen."

Die überzeugte Stimme Noras und ihre Mimik überrumpeln Vinzenz. Zornig nimmt er den Kristall, wirft ihn ins Feuer und ruft: „Und unsere Liebe? Wo bleibt sie?"

Der Wunsch nach einer gemeinsamen Zukunft, die Nora so gerne gelebt hätte, verglimmt in der Glut des verlöschenden Feuers. Es zerreisst ihr das Herz, doch einen andern Weg gibt es nicht. Die Bande der Liebe des

Paares sind langsam, aber stetig zerfleddert; was bleibt, ist eine lose Verknüpfung und die beiden Kinder, deren Eltern sie lebenslänglich bleiben.

Anderntags fischt Vinzenz zwei Kristallteile aus der Asche. Eine Hälfte ist zackig, angeschwärzt, darunter immer noch kristallklar. Das andere grössere Stück ist undurchsichtig, milchig geworden. Die glänzend klare Einheit des Steins ist verschwunden. Vinzenz steckt die Teile in seinen Hosensack. Den nächtlichen Zank erwähnt er mit keinem Wort mehr. Er versteht Noras Entscheid nicht und glaubt auch nicht wirklich an die bevorstehende Trennung. Die Ferien sind bald zu Ende. Die Kinder, mit denen sie über ihre Absichten spricht, begrüssen ihren Entscheid, soweit ihnen dies überhaupt möglich ist, da sie der ständigen Streitereien ihrer Eltern längst überdrüssig sind. Die 14-jährige Belisia versteht den Entscheid ihrer Mutter gut, der 10-jährige Bruder Pedro stellt sich vor, Spielkameraden anzutreffen, die er in seinem zu Hause nicht hat.

Die entzweite und gespaltene Familie kehrt zurück. Aus der Feuergeschichte, die Nora fürs bevorstehende Feuerfest schreiben wollte, wird nichts – ihre eigene Geschichte hält sie zu stark in Atem. Kurz nach ihrer Rückkehr feiert sie als Gastgeberin zusammen mit Vinzenz das letzte farbige Sommerfest mit Freunden und Kindern hinten auf dem Festplatz der Waldlichtung. Nur ihre Schwester, als engste Vertraute, kennt Noras Entschluss. „Es sind genug schmerzliche und bittere Tränen geflossen, die meiner Lebenslust keinen Platz mehr gewähren", denkt die in voller Lebensblüte stehende Frau.

Die Oase der Stille und Ruhe wird sie vermissen, doch will sie wieder frei durchatmen können, ohne schweren Rucksack und lästigen Ballast. Nora nimmt ihr Schicksal zielstrebig in die Hand. Trotz dem entspannteren Zusammenleben, das Vinzenz hoffen lässt, beginnt sie, eine Bleibe möglichst nahe unten im Tal zu suchen. Der Ausspruch jener Nacht in Irland, den Vinzenz verdrängte, wird an einem verschneiten Februarmorgen Wirklichkeit. Mit leerem Blick schaut Vinzenz sieben Monate später dem Auszug seiner Frau und den Kindern Belisia und Pedro zu. Machtlos, mit hängenden Schultern steht er auf dem Vorplatz, tritt hinaus auf den Weg, die Sackgasse. Er verabschiedet sich und drückt Nora den angeschwärzten, kantigen Kristallteil in die Hand und sagt: „Der gehört zu dir! Die Zeit mit dir war gut …" Will er noch etwas anfügen? Seine Stimme scheint zu versagen. Traurig sieht er zu, wie der Wagen abfährt. Mit dem Wegzug seiner Familie endet der Traum in der schneebedeckten Sackgasse, die nie eine war, aber nun zu einer geworden ist.

Die Realität trifft ihn hart. Vinzenz arrangiert sich. Es ist sonnenklar, dass er weiterhin den Hof bewirtschaftet und seinen bisherigen Tätigkeiten nachgeht. Einmal besucht ein Kollege Vinzenz, der ihm klagt, wie hart er arbeiten müsse. „Du musst ja nicht, du kannst es aufgeben, wenn du genug hast!", ist seine Antwort. Vinzenz sagt nichts. Das Gespräch nimmt von da an einen andern Lauf. Nach dieser Begegnung bricht Vinzenz ohne Grund stillschweigend den Kontakt ab. Er duldet keinen Spiegel, der ihm die Wahrheit entgegenhält. Mehrere Menschen aus seinem Freundeskreis schickt er gleicher-

massen in die Verbannung. Den wiederkehrenden Klein-
krieg mit seinen Mitmenschen blendet er geflissentlich
aus und ist sich dessen nicht bewusst.

Zwangsläufig bleiben Vinzenz und Nora Eltern, auch
wenn ihre Liebe zerbrochen ist. Eine Trennungsverein-
barung bringen sie ohne Anwalt zustande. Nora will
so schnell wie möglich unabhängig sein und sucht sich
eine neue Stelle. Bald findet sie in der nahen Stadt eine
80-%-Anstellung, die ihr entspricht. Vinzenz' Befürchtungen, seine Kinder aus den Augen zu verlieren, lösen
sich in Luft auf. Während Nora arbeitet, schaut er weiterhin zu Pedro, der nach wie vor in dieselbe Schule des
nahe gelegenen Dorfes geht. Belisia besucht das Gymnasium in der Stadt und ist nur abends zu Hause. Der
lockere Umgang beim Nachtessen, das sie mit dem Vater gemeinsam verbringen, nun unten im Tal, wird für
das Familienleben zum neuen Ereignis. Die verhärteten
Fronten weichen auf. Mit dem ehemaligen Zuhause bleiben alle drei verbunden. Belisia geht ein paarmal in der
Woche zu ihrem Pferd, um auszureiten oder die Pflege zu
übernehmen. Öfters besucht Nora den Hof. Wieder einmal ist sie oben auf der Lichtung und sieht die Kuh, die
im Stall steht. Lachend begrüsst sie Vinzenz mit der Bemerkung: „Nun hast du frei entscheiden können, ohne
meinen Einspruch, ganz so, wie DU willst! Gratuliere!
Die Kuh hat gesiegt!"

Vinzenz erinnert sich an das Veto, das damals seine
Pläne eingeschränkt hatte.

ROTER JASPIS

Es ist still geworden auf dem Hof. Vinzenz will unbedingt wieder mehr Gesellschaft um sich. Die zündende Idee dazu fehlt ihm noch. Infolge des Stellenabbaus zum Ende des Jahres verliert er seine Arbeit als Flüchtlingsbetreuer. Er wird arbeitslos und absolviert während eines halben Jahres im Rahmen eines Beschäftigungsprogrammes den Kurs „Führung als Kunst". Mit seiner Fähigkeit, die Vorstellungen im Kopf plastisch zu formen, sieht Vinzenz bereits sein eigenes Kurszentrum vor seinen Augen und ist begeisterter Zuhörer und interessierter, aktiver Redner. Seine Überzeugung des einfachen, naturnahen Lebens, die will er andern Menschen näherbringen. Er ist sich sicher, dass seine Idee Formen annehmen wird und realisiert werden kann.

In den Sommerferien geht er mit Pedro in ein Musiklager in die Bündner Berge. Die Teilnehmer sind aus ähnlichem Holz geschnitzt wie Vinzenz, lieben die Natur, die Berge und das Erlebnis des Musizierens und Zusammenseins. Nach vielen einsamen Monaten dürstet Vinzenz nach einem Beisammensein mit andern. Die blonde Frau mit ihrem Sohn, der ungefähr im gleichen Alter zu sein scheint wie seiner, fasziniert ihn. Vinzenz zeigt sich von seiner charmantesten Seite. Er umwirbt sie und will ihr unbedingt näherkommen. Die Tage sind gezählt, bis zur Abreise bleiben nur noch zwei. Die milde Sommernacht, in der sie alle am Feuer sitzen und Djembe und Gitarre spielen, ist wie gemacht für Vinzenz' Plan. Nach Mitternacht, die andern sind alle schlafen gegangen, ist Vinzenz allein mit Sophia, der sinnlichen Frau am Feuer. Der unendliche Sternenhimmel, die Wärme des Feuers und seine Verliebtheit bringen in Vinzenz die höchsten Weisheiten seiner Gedanken und seinen ganzen Liebreiz hervor. Sophia schmiegt sich enger an ihn. Sie lebt seit der Trennung von ihrem Mann allein und sehnt sich nach Liebe. Seit sie hier sind, gefällt ihr der bärtige Mann mit dem schulterlangen dichten Haar, der mit seinen klugen Aussagen öfters die Runde begeistert. Sophia hört seinen Worten zu, während die Müdigkeit langsam in ihre Glieder und den Körper kriecht. Bald einmal schlafen sie ein. Der heller werdende Horizont im Osten und die Morgenfrische wecken sie. Die Kraft und die leuchtenden Farben des Sonnenaufganges nehmen sie beide mit in ihren Alltag. Vinzenz schenkt Sophia zum Abschied einen roten Jaspis und erhofft sich damit mehr Glück als beim Kristall.

Wieder zurück zu Hause beginnt er, am Konzept seines neuen Projektes zu arbeiten. Mit Kursen will er arbeitslosen Menschen in den verschiedensten Bereichen eine neue Lebenseinstellung vermitteln und so zu einer für sie sinnvollen Beschäftigung beitragen. Für die Durchführung eignet sich der Bauernhof bestens.

Vinzenz hat Zeit, es ist Winter, er entwirft seinen Plan. Eine Iris, die seine Kollegin speziell dafür gezeichnet hat, ziert den linken Rand des Titelblattes des Projektbeschriebs. In gotischen Buchstaben schreibt er das folgende Zitat daneben: „Wer den Moment und sich selbst begreift, bewältigt die Vergangenheit und macht den ersten Schritt in die Zukunft."

Sinnigerweise gibt er dem Dokument den Namen „Jetzt". Damit weckt er die Neugier auf das nachfolgende komplett handgeschriebene Papier, in dem er sein Konzept darstellt. Trotzdem verläuft die Suche nach Geldgebern zuerst harzig; dann findet er eine Stiftung, die sein Vorhaben als Integrationsprojekt für Erwerbslose befristet unterstützt. Im Frühling startet er mit einer Gruppe von acht Personen, die dreimal wöchentlich unter seiner Anleitung zusammen kochen, Gartenarbeit verrichten, in der Tierhaltung mithelfen und in Theoriestunden zu den jeweiligen Themen ihr Wissen erweitern und vertiefen.

Vinzenz blüht auf, sein Hof ist wieder belebt. Sophia ist oft zu Besuch, ihr gefällt der Ort. Auch sie liebt das Leben in der freien Natur abseits der Menschenmengen, die in den Städten vorherrschen. Mit seiner Familie hat Vinzenz nur noch losen Kontakt. Inzwischen geht Pedro in die Schule seines neuen Wohnortes. Die Scheidung, die Nora als Klägerin eingereicht hat, wird in ein paar Wochen stattfinden. Die Einladung dazu haben sie erhalten. Für Vinzenz wie Nora gibt es kein Zurück. An einem grauen Dezembermorgen löst der Gerichtspräsident des regionalen Gerichtskreises unspektakulär die Ehe nach ihrer aufgesetzten Ehescheidungskonvention auf. Die Tochter ist volljährig. Der Sohn wird unter die elterliche Gewalt der Mutter gestellt. Unterhaltsbeiträge des Vaters, die gemeinsame Regelung der Elternpflichten, Besuchs- und Ferienrechte und die güterrechtliche vollständige Trennung sind weitere Punkte, die in der Gerichtsurkunde vereinbart sind.

Vinzenz, der nach der Sitzung, die reibungslos und kurz über die Bühne gegangen war, sichtlich erleichtert ist, weil er das Schlimmste befürchtet hatte, lädt Nora zu einem Glas Wein ein. Fast in jedem Frühling geht Vinzenz für eine Woche oder zwei Wochen nach Filicudi, wo er Fabio hilft, seine Ruine neu aufzubauen und einen neuen Garten anzulegen. Jahrelang spricht Vinzenz nun von seinem neuen Auswanderungsziel, das er jetzt schon für sein Alter vorbereitet. Filicudi ist eine der Liparischen Inseln. Mit Nora war er noch vor Belize zum ersten Mal dorthin gereist. Zu einer Zeit, in der nur Aussteiger das Juwel im Tyrrhenischen Meer kannten. Zuweilen begleiten ihn Sophia, Markus, ihr Sohn, und Pedro sowie andere Freunde mit ihren Kindern.

Um weitere Beiträge als Biobauer zu erhalten, weitet Vinzenz die Anbaufläche ins Oberland aus. Die Nutzung der Alpweide seines Vaters ist eher Zweckgemeinschaft als Versöhnung. Einige Schafe werden nun regelmässig in die Berge verfrachtet, was zwar vermehrten Aufwand bedeutet, sich finanziell aber lohnt. Vinzenz ist ein Meister im Jonglieren von Subventionen jeglicher Art. Sein Bio-Betrieb läuft gut, nur seine Nebenbeschäftigung lässt zu wünschen übrig. Das Projekt „Jetzt" wird nicht mehr finanziert. Zudem ist er ausgesteuert. Er ist bekümmert, aber nicht mutlos. Sophia ist sein neuer Leuchtturm. Er träumt davon, mit ihr etwas Neues auf die Beine zu stellen. Er wird sich selbstständig machen und einen eigenen Betrieb gründen. Als Startkapital lässt er sich die Pensionskasse auszahlen. Sophia zieht ins alte Haus, das anfangs der Lichtung am Wegrand steht; der Besitzer ist derselbe wie derjenige des Hofes von Vinzenz.

Während des Winters arbeiten sie das gemeinsame neue Projekt aus. Erlebnisferien und Wochenende für Kinder in schwierigen Situationen als Entlastung und die Biolandwirtschaft sind die beiden Standbeine des Kleinunternehmens, das sie planen. Das Haus, das als Kleinheim dienen soll, benötigt einen grossen Umbau, bevor sie die Bewilligung dafür erhalten. Sophia hat Geld von ihren verstorbenen Eltern geerbt; damit können sie den Bau für ihr Vorhaben starten. Es geht zügig voran. Im Februar des folgenden Jahres wird der Betrieb „Lebenswert" von Vinzenz und Sophia im Handelsregister eingetragen. Sie sind überglücklich. Dank seiner Partnerin, die Lehrerin ist und den erforderlichen Ausweis zur Ausübung ihrer Kleininstitution vorweisen kann, hat sich Vinzenz' Traum von der kompletten Eigenständigkeit nach Langem endlich erfüllt.

Es scheint, als ob Sophia immer einige Zentimeter über dem Boden schweben würde. Die weiten langen Röcke und Kleider, die sie trägt, passen zu ihrem verträumten Wesen. Ihre Gedankenwelt ist gespickt voller esoterischer Einflüsse. Die zartgliedrige Frau mit der leicht ergrauten langen blonden Mähne spaziert leichtfüssig über die Lichtung dem nahen Wald entgegen. Wie eine Fee aus entschwundener Zeit mutet ihre Erscheinung an. Am Waldrand sitzt sie ab und hört dem Vogelgezwitscher zu und freut sich am erwachenden Morgen. Das leise Rascheln des Grases, das die Rinder abfressen, der Ruf der Krähen, die am Himmel ihre Bahnen ziehen, die wärmenden Sonnenstrahlen, die ihre Glieder liebkosen, der Wind, der zaghaft mit ihrem Haar spielt, lassen sie einen kurzen Moment innehalten und neue Kraft tanken.

Eine Weile später berichtet Vinzenz überall von Sophias Hauskauf. In Wahrheit gibt es weder einen Kaufvertrag noch einen vollzogenen Kauf. Erste Verhandlungen mit dem Sohn von Hans, der Besitzer beider Häuser ist, finden statt. Vinzenz macht sich etwas vor: Es ist nicht das erste Mal. Er lebt wie als Bub in seiner Traumwelt, in die er schon damals vor den Tatsachen flüchtete. Er packt die Illusionen in sein Dasein hinein und biegt sie so zu einer eigenen Wirklichkeit zurecht, die ebenfalls für seine Mitmenschen zu gelten hat.

Seine Kinder, Nora, Freunde und Bekannte, alle glauben ihm; wieso sollten sie nicht?

Zur Jahrtausendwende verlegt Vinzenz sein Zuhause ins vordere Haus zu Sophia. Viel Kleinarbeit ist noch zu verrichten, bevor sie im Sommer mit den ersten Aufenthalten von Kindern starten. Innert Kürze haben sie alle Plätze belegt. Vinzenz wusste, dass sein Angebot sehr gefragt sein wird, sei es von Jugendheimen, Sozialdiensten oder Privatpersonen. Die Wochenenden sind von nun an vollbepackt mit Aktivitäten rund um die Kinder und Jugendlichen. Während der Woche können Vinzenz und Sophia kurz Luft holen und sich auf die nächste Runde vorbereiten. Der Hof hinten bleibt weiterhin für die Tiere und den Gemüseanbau in seiner ursprünglichen Form bestehen. Die Wohnung dort bleibt vorerst leer oder wird nur als Ausweichmöglichkeit bei besonders schwierigen Kindern benutzt.

Zusammen erleben sie ein paar gute Jahre. Vinzenz ist froh über die neuen Möglichkeiten, die ihn erfüllen und bei denen er gerne zupackt. Die Hilfsbereitschaft, die ruhige und mütterliche Art von Sophia stellen ihn zufrieden. Mit ihrer Gelassenheit ist sie die rettende Seele für die Kinder, die schnell einmal ihr Zutrauen gewinnen.

Als neue Errungenschaft eröffnet Vinzenz sein Sommer-bistro auf dem hinteren Hof. Leute bewirten, Gastgeber sein und Feste feiern ist seine Leidenschaft. Vinzenz ist ein Freigeist, der viele Menschen mit seinen aussergewöhnlichen Ideen zu begeistern vermag. Zur Bewirtung der angekündigten Besucher bereitet Sophia feine Salate und Desserts zu. Die Gäste bringen das Fleisch selbst mit und können es auf dem vorhandenen Feuer grillen. Die Schattenbeiz läuft gut; bekannte Musiker aus der Gegend kommen mit ihren Instrumenten und unter-halten so die Leute. Oft klingt der Blues bis in die tiefe Nacht hinein über die mondbeschienene Lichtung mit dem mit Sternen übersäten Himmel und verströmt eine melancholische Stimmung.

Pedro wird volljährig und kann jetzt endlich seinem Wunsch folgen und zu seinem Vater ziehen. Vorher hat die Mutter es ihm nicht erlaubt. Der Sohn freut sich, den Alltag mit seinem geliebten Vater neu zu erleben. Doch bei seiner Ankunft fragt er sich: „Wieso hat er das Zimmer nicht für mich bereit gemacht?" Er fühlt sich nicht wirklich willkommen und muss sich zuerst Platz verschaffen und die Sachen seines Vaters wegräumen. Kann der Vater keine Gefühle zeigen? Wieso lässt er sei-nen ganzen Kram liegen? Vinzenz sieht in seinem Sohn immer noch den kleinen Pedrolino, der ihm als kleiner Bub vertrauensvoll überall hinterhergegangen war. Zum Verdruss von Pedro; der sich über die ständige Verklei-nerungsform seines Namens ärgert. Der Vater hat nicht bemerkt, wie er zum jungen Mann mit eigener Meinung herangewachsen war.

Die beruflichen Erfolge seiner Tochter nimmt Vinzenz zum Anlass, sich zu brüsten, als ob es seine eigenen wären. Für ihn ist sie nicht das kleine Mädchen geblieben, sondern eine begabte junge Frau geworden.

Markus ist im selben Alter wie Pedro; beide sind in der Ausbildung und bewohnen nun zusammen mit einem andern Kollegen das alte Haus und geniessen die vielen Freiheiten. Pedros Vater wie Markus Mutter sind mit den Kindern im Heim beschäftigt und froh, wenn die Jungs den Alltag in ihren Lehrbetrieben ohne grosses Aufsehen durchziehen. Von ihrer wilden Welt, die die eben erst erwachsen gewordenen Jugendlichen ohne die Kontrolle der Erwachsenen durchziehen und geniessen, von dem Schabernack, den sie treiben, wissen weder Vinzenz noch Sophia.

Während ein paar Jahre hilft ein junger Mann, der als Hilfskraft von einer Sozialeinrichtung vermittelt wurde und einen geschützten Arbeitsplatz hat, mit bei der aufwendigen Arbeit im Gemüseacker und der Tierhaltung. Die Jahre vergehen, der Betrieb läuft gut. Vinzenz und Sophia sind glücklich und zufrieden. Sophia beflügelt Vinzenz zu neuen Taten. Wandern war nie seine Lieblingsbeschäftigung. Die Familienwanderungen mit Nora, Belisia und Pedro machte er meist widerwillig mit. Nun begeistert ihn auf einmal der Jakobsweg, den Vinzenz und Sophia mit einer Gruppe von Freunden fortlaufend und jedes Jahr zum grossen Erstaunen seiner Familie, die die Faszination aus seinen Erzählungen heraushört, durchführen. Mit dem Pilgerweg verblasst Filicudi mehr und mehr und versinkt in Vergessenheit. Der vermeintliche Hauskauf stockt. Der Vertrag, den Vinzenz damals,

als er mit seiner Familie eingezogen war, unterzeichnete, ist klar ein Mietvertrag mit dazugehörendem Land, Hühnerhaus und Holzschopf. Vinzenz beharrt mit seiner verzerrten Wahrnehmung auf einem Pachtvertrag. Seiner Meinung nach sei aufgrund der langjährigen Miete daraus ein Pachtvertrag entstanden, findet er, als hätte eine unsichtbare Zauberhand über Nacht ein Wunschpapier geformt. Eine reale Vertragsänderung diesbezüglich existiert nicht. Während der zähen Verhandlungen mit dem Besitzer und einer landwirtschaftlichen Beratungsstelle, die Vinzenz beigezogen hat, kommt er aber nicht wirklich voran. Seine erstarrte Meinung legt ihm letztlich selbst den Knebel zwischen die Beine.

Nora ist kaum mehr auf der Lichtung anzutreffen. Das Projekt „Jetzt" hatte sie verfolgt und sie war mehrmals zu Besuch gekommen. Sie freute sich über die unterschiedlichen Menschen, die daran teilnahmen. Oft waren sie in angeregte Diskussionen vertieft. Lange schon, anlässlich eines Konzertes im Tal unten, Nora war auch anwesend, ergriff Vinzenz die Gelegenheit und machte die beiden Frauen untereinander bekannt.

Gerne hätte Vinzenz gesehen, wenn Nora doch ab und an ihn und sein neues Projekt besucht hätte. Sie scheint aber keinerlei Interesse daran zu haben. Die beiden Frauen wurden nie Freundinnen, wie er sich das erhoffte. Zu unterschiedlich sind ihre Charaktere. Die eine freischwebend über der Erde, die andere verwurzelt in der Erde. Nora bleibt fern und hat wahrscheinlich ihre Gründe und sicher Wichtigeres zu tun.

Sophia wird immer ungeduldiger. Durch Vinzenz' Sturheit schwindet ihr Vertrauen. Sie hat kürzlich gehört, wie anlässlich eines Konzertes Vinzenz einem Bekannten erklärt hat: „Ja, das ist kein Problem, Sophia besitzt die Liegenschaft."

Eines Abends kommt sie darauf zurück und wirft ihm vor: „Du sagst nicht die Wahrheit und stellst dich als Idealist dar und bist der grosse Alleskönner! Wie kannst du nur solche Lügen verbreiten?"

Vinzenz verteidigt sich und versucht, alles schönzureden. Die Schulden für das Darlehen, die er Sophia zurückzahlen müsste, sind ein weiterer Streitpunkt. Der Diskurs endet im Zwist.

Vinzenz steckt erneut in grundsätzlichen Auseinandersetzungen mit seiner Liebsten und sieht sein neues Lebenswerk gefährdet. Sein Ziel ist so nahe. Die zehn erforderlichen Jahre, in denen sein Kontrollbetrieb keine Mängel aufwies, werden nächstes Jahr vorbei sein. Er wird die Knospe, das Markenzeichen der Bio-Bauern, erhalten. Das erfüllt ihn mit grosser Freude. Sein Traum vom eigenen Biohof wird sich nach harter Arbeit erfüllen.

Vinzenz und Sophia versöhnen sich wieder, vorläufig wird der Hauskauf nicht mehr erwähnt. Vinzenz spricht abermals mit dem Besitzer, der kein Gehör hat für seine Situation und beide Grundstücke möglichst schnell und mit Gewinn verkaufen will. Mit dem Sohn und der Schwiegertochter der unbeliebten Nachbarn, die Vinzenz immer als die Imperialisten bezeichnet, hat er zahlungskräftigere Interessenten gefunden. Als im folgenden Sommer die Vorladung zur Klärung der Streitereien eintrifft, reden Vinzenz und Sophia lange über die aktuelle Lage, wägen ab und ahnen ein bevorstehendes

Scheitern. Ihre Befürchtungen scheinen sich zu bewahrheiten. Mit ihren finanziellen Mitteln werden sie kaum Chancen haben. Ein paar Wochen später, während eines Gespräches über die zukünftigen Schritte, äussert Sophia ihren Entschluss: „Das Risiko und die Unsicherheiten mit dir sind mir allzu gross. Ich ziehe mich aus den Verhandlungen zurück."

Vinzenz ist erstaunt, das hätte er nicht erwartet. Er muss ihren Entscheid schweren Herzens akzeptieren. Abermals waren es hauptsächlich diffuse Hoffnungen, die Leitplanken in seinem Dasein gesetzt haben, und nun zerbrechen sie wie Glas.

An einem sonnigen Oktobertag erscheint Vinzenz allein in der Kanzlei der Notarin. Der Besitzer der beiden Grundstücke und das Käuferpaar, Sohn und Schwiegertochter der benachbarten Familie, sind bereits anwesend. Im Sinne eines aussergerichtlichen Vergleiches werden die Unklarheiten zwischen den Parteien Punkt für Punkt durch die Juristin geklärt. Für einen Schnäppchenpreis wechseln die beiden Liegenschaften zu den neuen Besitzern. Zähneknirschend erkennt Vinzenz mit seiner Unterschrift die endgültige Kündigung in vier Jahren an. Das Leben auf seiner geliebten Insel wird dann zu Ende sein. Sofort verdrängt er die Tatsache und lebt weiter wie bisher.

In den nächsten zwei Jahren halten Vinzenz und Sophia ihr Kleinheim in Gang, als ob nichts passiert wäre. Über seine wackelige Lebenslüge, die Vinzenz rund um sein Unternehmen aufbaut, verrät er nie jemandem ein Wort. Sophia ist die einzige Person, die davon Kenntnis hat.

Die ständigen Spannungen mit Sophia, der Betrieb, der erhalten werden muss, die Arbeit im Gemüseacker, die nun ohne Hilfe fast nicht zu bewältigen ist, all das belastet ihn stark. Obendrauf kann sein Vater die Pflege der Tiere auf der Alp altersmässig und krankheitsbedingt nicht mehr verrichten. Somit ist Vinzenz herausgefordert, noch zusätzliche Arbeiten zu übernehmen und dies nicht gleich nebenan, sondern fast hundert Kilometer weit entfernt. In seiner altbekannten Strategie gegen die Überforderung vergisst er der Einfachheit halber die Schafe. Hin und wieder begleitet ihn Pedro auf seinen Besuchen ins Heimatdorf. Pedro, der seine Grosseltern länger nicht gesehen hat, erschreckt, wie alt und gebrechlich sie geworden sind. Beim nächsten Mal, als er seine Mutter trifft, erzählt er ihr davon.

„Und weisst du, was mich am meisten geärgert hat? Der Grossvater liegt fett und faul auf dem Sofa und dirigiert in barschem Ton seine Frau, die schlecht gehen kann, für seine Wünsche herum."

Nora ist nicht erstaunt, sie kann sich das Bild ihres Ex-Schwiegervaters gut ausmalen. Der Patriarch ändert sich nicht; eher verstärkt das Alter die Wesenszüge manchmal ins Unermessliche.

Wie ein Blitz aus heiterem Himmel erreicht Vinzenz das Strafmandat: „Widerhandlung gegen das Tierschutzgesetz wegen unterlassener Klauenpflege und Schur plus Widerhandlung gegen das Tierseuchengesetz durch nicht vorschriftsgemässes Entsorgen eines verstorbenen Schafes." Ein Neider muss ihn verklagt haben. Die hohe Busse wird er nicht bezahlen können. Nora kommt ihm in den Sinn. Oft drohte sie ihm mit dem Tierschutzgesetz, wenn die Kaninchen oder Schafe im von Mist überfüllten Stall kaum mehr Bewegungsfreiheit hatten. Klar wird er alles dransetzen, dass sie nichts von seiner Strafe hört, ansonsten würde sie sich, wenn auch nach Jahren, bestätigt fühlen.

Am Tag danach schreibt Vinzenz in einem Brief: Teil-Einspruch:

„Ich beziehe mich auf das Strafmandat und möchte Ihnen Folgendes mitteilen. Bis heute bin ich noch nie mit dem Gesetz in Konflikt geraten. Meine Unterlassung ist darauf zurückzuführen, dass ich in dieser Zeit persönliche Schicksalsschläge zu bewältigen hatte und eine Zeit lang überfordert war. Ich möchte Sie höflich bitten, von der Geldstrafe mit bedingtem Vollzug abzusehen, mir dafür gemeinnützige Arbeit zuzuweisen und auf einen Registereintrag zu verzichten. Es ist mir ein grosses Anliegen, meinen Ruf nicht zu verlieren."

Endlich erhält er Bescheid. Die bedingte Geldstrafe wird, sofern innerhalb der Probezeit von zwei Jahren kein neues Vergehen vorliegt, nicht vollzogen. Die Busse kann in gemeinnützige Arbeit umgewandelt werden, doch von Gesetzes wegen muss der Eintrag im Strafregister erscheinen. Er erlischt nach Ablauf der Probezeit. Mit diesem Entscheid kann Vinzenz leben. Viel grösseres Kopfzerbrechen und Unbehagen bereiten ihm die seit Kurzem aufgetretene Kühle und Verschlossenheit Sophias. Wenn er nachfragt und den Grund wissen will, antwortet sie ziemlich entnervt: „Lass mich in Ruhe damit, du wirst dich ja nicht verändern. Ich brauche Zeit, um mich entscheiden zu können!"

Was heisst das? Reissen nach ihrem Ausscheiden auch

die seelischen Banden? Folgt eine neue Zerstörung seiner Lebensidee?

Tatsächlich passiert wieder ein Bruch mit seiner geliebten Partnerin. Er kommt schleichend und langsam, aber zeichnet sich seit längerer Zeit ab. Vinzenz kennt zwar die Absicht von Sophia, doch wie immer schiebt er die Wirklichkeit weit weg und glaubt, so würde sie sich in Luft auflösen. Erst mit dem Abschiedsbrief, den Sophia ihm schreibt, wird ihm die Tragweite bewusst: „Ich danke dir für die guten Jahre. Ich werde nun im Tal unten ein selbstständiges Leben führen."

Sophia ist die zweite Frau, die ihn verlässt und im Dorf unten leben will. Vinzenz versteht auch jetzt den Entscheid nicht, wie damals bei Nora. Die Frauen bleiben ihm ein Rätsel. Kristall und Jaspis, jahrtausendealte Steine strahlen ihre Kraft aus und überdauern die menschlichen Wünsche, Hoffnungen und Schicksale.

Zum Ende des Jahres erhält Vinzenz eine Vorladung zur Besprechung seiner Situation in Bezug auf das Strafmandat. Im Frühjahr verrichtet er die ihm verordneten zwanzig Arbeitsstunden mit Gartenarbeiten in seiner reformierten Kirchgemeinde. Mit Felix, einem der kirchlichen Mitarbeiter, der ihn in dieser Zeit betreut, versteht sich Vinzenz besonders gut. Gegenseitig tauschen sie die Telefonnummern aus, um weiterhin in Kontakt zu bleiben.

BRÖCKELNDE STEINE

Der frische Wind, der vor zehn Jahren wehte, ist abgeflaut. Abermals ist Vinzenz allein. Beide seiner Erfolg versprechenden Unternehmungen sind wegen seiner Frauen gescheitert; davon ist er überzeugt. In Wirklichkeit tragen weder Nora noch Sophia irgendeine Schuld, sie haben den Mann in seiner Selbstbezogenheit und Kompliziertheit ganz simpel nicht mehr ertragen und sich sodann frei entschieden, ihren eigenen Weg zu gehen.

Auch diese Wahrheit verleugnet Vinzenz mit seiner Erklärung: „Beide Frauen haben mich mental zu wenig unterstützt, das Gelingen meiner Pläne zu skeptisch beurteilt und kein Vertrauen ihn mich gesetzt und damit dem Missglücken den Weg geebnet."

Nun steht er vor einem Scherbenhaufen und weiss eigentlich nicht, wieso. Seit Sophias Auszug wohnt Vinzenz wieder im alten Hof zuhinterst auf der Lichtung. Auf Ende des laufenden Jahres muss er wohl oder übel den Vertrag seines Biobetriebes künden, folglich wird er auch keine Direktzahlungen mehr erhalten, was eine massive finanzielle Einbusse bedeutet.

Bereits im Oktober hat er die wenigen Tiere, die noch auf der Alp waren, verkaufen müssen. Von den letzten zwei Schafen auf seinem Hof trennt er sich und veräussert auch sie, da sein Geld nicht reicht, um Futter zu beschaffen. Der Winter naht und wird unendlich lang. Vinzenz hat weder Arbeit noch Gesellschaft. Alle seine Freunde und Kumpel sind wie vom Erdboden verschluckt. Bitternis senkt sich auf sein Herz. Er sitzt in der Küche, draussen versinkt die Landschaft in Schnee und Eis. Der früher so belebte Raum, das Zentrum, wo so viele Begegnungen, Diskussionen und Feste stattfanden, ist jetzt mangels Holz grimmig kalt. Umso stärker breiten sich die Einsamkeit und Trostlosigkeit aus. Vinzenz friert trotz seiner um ihn gehüllten Wolldecke. Verzweifelt greift er zum Telefon und spricht mit Belisia. Sein Stolz überspielt das Elend, in dem er sich befindet. Belisias Stimme gibt ihm ein klein wenig Wärme, gerade so viel, wie er zum Weiterleben braucht.

Vinzenz hat Hunger. Im Keller findet er noch einige Kartoffeln und etwas Lauch für eine Mahlzeit. Einzig Willy, der das Musiklager leitete, und Karin, seine Partnerin, die seine Misere kennen, schicken ihm alle Wochen ein Paket mit Esswaren, Tabak und Rotwein. Die Momente, wenn die Geschenke eintreffen, werden zum Festtag, und Vinzenz erlebt winzig kleine Freuden beim Genuss eines Glas Weines, mit sattem Bauch und einer selbstgedrehten Zigarette.

Niedergeschlagen, enttäuscht und ohne Hoffnung beginnt Vinzenz das neue Jahr. Ende April muss er von hier wegziehen. In der notariellen Urkunde, in der das Ende des Vertrages, das Tag für Tag näher rückt und das er bisher nicht wahrhaben wollte, überprüft er noch einmal das Datum. Kein Ausweg ist in Sicht; nun steckt er definitiv in einer Sackgasse fest. Was soll er tun? Wo findet er eine ähnliche Bleibe? Welche Tätigkeit kann er noch ausüben? Er hat keine Ahnung, seine grossartigen Ideen und Perspektiven sind verschwunden. Die Düsternis zeichnet Spuren in seine Seele, die auf der Strecke geblieben ist und sich im freien Fall befindet. Nichts geht mehr. Er ist zwischen Stuhl und Bank gefallen und glaubt an ein Wunder und merkt nicht, wie sein Schiff langsam versinkt. Vinzenz lässt sich treiben wie das Schneegestöber, das er vor den Scheiben beobachtet. Wochenlanges Grübeln in der garstigen Leere des Hauses bricht seine Widerstandskraft. Teilnahmslos, apathisch fristet Vinzenz sein Dasein und merkt manchmal gar nicht, wie die Stunden trotz allem verstreichen. Den gleissenden, funkelnden, sonnenbeschienenen Schnee sieht er nicht mehr. Es ist, als wäre ein dunkler Vorhang vor seine Augen gefallen, und das Ungemach verfinstert ihm zunehmend den Blick. Zwischen Lethargie und Unruhe hin und her wankend werden die Tage länger, Lichtmesse ist da. Er, der diesen Zeitpunkt immer zelebriert hatte, verharrt in Lähmung, Angst und Bangen.

Noch immer hat er keinen Plan, wie sein Leben nach dem Verlassen der Lichtung weitergehen soll. Ab und an telefoniert er in seiner Verlassenheit mit Nora. Sie ist ihm keine grosse Hilfe. Regelmässig, wenn er ihr seine Not klagt, erwidert sie: „Geh aufs Sozialamt. Dieses Recht hast du."

„Nein, auf keinen Fall, das werde ich nie machen."

Vinzenz ist zu stolz, als dass er vor einem Amt in Bittstellung gehen könnte. Zudem vernachlässigt er sein Äusseres wie Inneres und ist kaum noch ausser Haus anzutreffen.

Pedro ist in diesem Winter stark mit sich selbst beschäftigt; die Nachfrage nach dem Vater und seinem Befinden bleibt auf der Strecke. Das wiederum kränkt Vinzenz, besonders jetzt, da sein eintöniger Alltag keine

Abwechslung mehr bietet und er gerne die Stimme und Neuigkeiten seines Sohnes hören würde. Leider ertönt der immer gleich monotone Anrufbeantworter ab Band, wenn er ihn kontaktieren will.

Einen Monat später zeigt sich ein Silberstreifen am dunklen Horizont. Sein Bruder Albert sucht einen Platz für sich und seine Jagdhunde, da er die bisherige Wohnung aufgeben musste. Vinzenz ist mehr als froh, endlich wieder ein menschliches Wesen in sein Haus aufzunehmen. Die schier unerträgliche Einsamkeit der letzten Monate ist vorbei. Er kann aufatmen. Das Leben scheint sich zusehends zu normalisieren, obschon er immer noch keine Lösung für die Zukunft hat. Mit der Zweisamkeit mindern sich die Sorgen. Wieder macht er sich in fantastischen Gesprächen mit Albert etwas vor und glaubt schlussendlich selbst an die illusorischen Gedanken einer glücklichen Wende. In seiner immensen Vorstellungskraft glaubt er, er könnte den bestimmten Knopf für seine Wünsche drücken, um damit sein Leben zu steuern. In seinem Kopf dreht sich das Karussell von Leere, Kampfgeist, Abwehr und fehlender Perspektive. Die Fassade zerfällt, doch sein Kern bleibt bewahrt. Vinzenz lässt sich nicht unterkriegen und strauchelt dennoch über seine eigenen Füsse. Leise rieselt der Sand aus den aufgelösten Gesteinsmassen. Unaufhörlich nagt der Zahn der Zeit an den Mineralien der festen Erdkruste. Manchmal fällt ein kleiner Brocken aus der Nagelfluh zu Boden. Das lose grosse Bruchstück hängt nahe am Abgrund und droht, beim nächsten Gewittersturm herunterzudonnern.

BERGSTURZ

Der letzte Monat in seinem Heim ist angebrochen. Zartes Frühlingsgrün spriesst auf den Wiesen. Der Gemüseacker ist übersät mit Unkraut. Vinzenz schaut sich um und ist traurig, sein geliebtes Feld nicht mehr bestellen zu können. In den Fingern juckt es ihn, zuzupacken, doch wozu? Bodenlose Leere überfällt ihn und öffnet einen unergründlich tiefen Abgrund. Eines Tages lädt ihn Albert zum Abendessen ein. Nach mehreren Monaten sitzt Vinzenz wieder einmal im Landgasthof unten im Tal.

Die grosse Freude steigert sich in seine altbekannte Feststimmung, die mit zunehmendem Alkoholkonsum immer redseliger wird. Am späteren Abend kann Vinzenz einen weiteren Besuch in seiner Beiz unterhalb der Lichtung nicht lassen, obschon Albert ihn zum Heimkehren bewegen will: „Du solltest jetzt mit mir nach Hause fahren, da du bereits genug getrunken hast!"

Vinzenz bleibt stur, fährt mit seinem Wagen zu seiner Stammbeiz, die auf dem Heimweg liegt, und trinkt dort weiter mit den Kumpeln, die bis Feierabend am Stammtisch sitzen. Er torkelt hinaus und ist sich in seiner Trunkenheit dennoch sicher, dass er die bekannte Strecke nach Hause schaffen wird. Die Kollegin, die in der letzten Runde ebenfalls dabei war, traut ihm nicht. Sie hat bis zur Kreuzung denselben Heimweg. Sie folgt ihm in ihrem Wagen. Auf der schnurgeraden Strasse durch die Ebene lenkt Vinzenz sein Fahrzeug in einer argen Zick-Zack-Linie. Die ersten Häuser am Hang werden sichtbar. Vinzenz erwischt knapp den Weg zwischen den ersten beiden Häusern. Die anschliessende Kurve wird ihm zum Verhängnis. Sein durch den Alkohol irregeleiteter Blick sieht in der Hausmauer den weiteren Verlauf der Strasse. Das Auto kracht hinein. Die Windschutzscheibe ist zerbrochen, der Kühler und die Stossstange sind wie eine Handorgel zusammengefaltet. Sofort hält die Frau an und schaut nach Vinzenz. Benommen beugt er sich übers Steuerrad. Sie will die Ambulanz rufen, da er Verletzungen aufweist. Vinzenz wehrt ab: „Nein, kommt nicht infrage, bring mich nach Hause, ich werde morgen meinen Arzt anrufen."

Ihr bleibt nichts anderes übrig, als zu gehorchen. Der zerbeulte Wagen wird später in einer Nacht- und Nebelaktion sondergleichen, die sich so nur in ländlichen Gegenden abspielen kann, von den Kumpeln am Wirtshaustisch aufs nahe Feld gestossen, die Nummernschilder abmontiert und anderntags auf die Abbruchstelle gebracht.

Gegen frühen Morgen stöhnt und jammert Vinzenz derart, dass Albert im unteren Stock erwacht. Er steigt hinauf in die Kammer. Vinzenz' linkes Bein hängt über den Bettrand, am Boden hat sich eine riesige Blutlache gebildet. Erschrocken fragt Albert: „Was ist passiert?" Vinzenz kann kaum Antwort geben. Unverzüglich telefoniert Albert nach dem Hausarzt, der sofort die Ambulanz kommen lässt. Am nächsten Mittag benachrichtigt Albert Pedro über den Unfall: „Letzte Nacht ist Vinzenz stockbesoffen in eine Mauer gefahren und liegt jetzt im Spital."

Pedro ist sehr beunruhigt und ratlos. Er ist allein in der Schweiz, die Schwester ist ebenfalls im Ausland. Gleich telefoniert er mit seiner Mutter, die mit einer Freundin in Italien in den Ferien weilt: „Albert hat mir eben mitgeteilt, dass Vinzenz gestern Abend einen Unfall hatte."

Er wiederholt den Satz seines Onkels, mehr weiss er nicht und kann die Fragen der Mutter nicht beantworten. Nora sorgt sich. Der Ex-Mann im Koma? Hat er lebensbedrohliche Verletzungen? Nach der ersten Erschütterung fragt sie bei ihrem Sohn nach: „In welcher Klinik befindet er sich?"

Etwas später teilt ihr Pedro mit: „Vinzenz ist im nahe gelegenen Regionalspital."

Da ihre Freundin mit ihrem Mann in der kleinen Stadt wohnt, in der sich das Spital befindet, ruft sie ihn gleich an und erkundigt sich nach der Telefonnummer. Die Ungewissheit dauert an. Erst nach mehreren Versuchen erreicht Nora gegen Abend endlich die Stationsleiterin des Spitals, die ihr Auskunft gibt: „Er hat einen offenen Beinbruch und wird jetzt gleich operiert. Er war nicht im Zimmer und konnte Ihren Anruf nicht entgegennehmen."

Sichtlich erleichtert über die sich offenbar zum Guten hinwendende Situation geniesst sie nun mit ihrer Freundin den Apéro auf der Terrasse mit Blick aufs Meer. Während des klärenden Telefongespräches mit ihrem Sohn kann sich dieser ebenso beruhigen.

Am andern Morgen in der Früh wird Nora durch den Klingelton ihres Mobiltelefons geweckt. Vinzenz ist am Apparat: „Mir geht es gut, sie versorgen mich mit reichhaltigem Essen und Pflege. Die Operation habe ich gut überstanden." Offenbar waren ihm Noras Grüsse ausgerichtet worden. Sie freut sich über seinen Anruf.

Nachher, beim Morgenkaffee, lachen die beiden Frauen herzhaft über die Eintrittsprozedur, die Vinzenz über sich ergehen lassen musste und die in jedem Fall vollzogen wird. Speziell bei einer verwahrlosten Person nehmen der gründliche Reinigungsprozess und die Operationsvorbereitungen mehr Zeit in Anspruch als üblich. Die Vorstellung, wie die verfilzten Haare und der schmutzige Körper mit den überlangen Finger- und Zehennägel von Vinzenz nun gewaschen, geschrubbt und geschnitten wird, bringt sie unweigerlich zum Lachen. Das befreiende Gefühl nach der grossen Anspannung ist wohltuend. Sie wissen, wie der unterernährte Mann von den Pflegefachpersonen nach Möglichkeit auch seelisch und sozial wieder aufgepäppelt wird.

Eine Woche später ist Nora wieder zu Hause und besucht Vinzenz im Spital. Er sitzt im Rollstuhl, das linke Bein liegt horizontal mit einer externen Fixation versehen auf der Beinstütze. Ansonsten scheint er guten Mutes. Die Haare sauber gewaschen, der lange Bart gestutzt und in Form geschnitten. Sie hatte ihn während des ganzen Winters nicht gesehen, wusste aber von Willy um seinen verwahrlosten Zustand. Schon damals, während der wenigen Telefongespräche mit ihm, fiel ihr die dumpf tönende und abgelöschte Stimme auf. Nun realisiert sie, wie weiss und grau seine Haare, inklusive Bart, in der Zwischenzeit geworden sind. Nora fährt ihn in den Garten, wo sie erst nach einem ausführlichen Gespräch die ganzen Umstände des Unfalles erfasst. War es der verzweifelte Hilfeschrei eines Mannes, der in grosser Not und Bedrängnis steckt? Vieles bleibt trotz des Gespräches unverständlich, sie hakt nach: „Und nach dem

Aufprall hast du nichts an deinem Bein gemerkt oder gespürt?", will sie wissen.

Vinzenz erklärt etwas naiv und unbefangen: „Ja, es hat schon etwas geblutet! Es schien mir aber, als es sei nichts Schlimmes."

Suchte er die totale Betäubung, um nichts mehr zu spüren und sein Gehirn auszuschalten? Wie stark war die Hoffnungslosigkeit um seine weitergehende Existenz? Hat er sein Schicksal unbewusst herausgefordert? Auch wenn Vinzenz noch anfügt: „Ende des Monats wäre sowieso alles fertig gewesen. Ohne Aussicht auf eine neue Zukunft. Irgendetwas musste passieren", bleiben Noras Fragen unbeantwortet. Vinzenz hatte Glück im Unglück. Er erhält eine neue Chance. Die Sanitäter haben Vinzenz mit der Bahre Füsse voran von seinem geliebten Hof weggetragen, wie er dies einst prophezeit hatte. Allerdings ist er lebendig, nicht, wie er damals meinte: Nur der Tod bringe ihn fort von seinem Zuhause. Die Hilfe vom Sozialamt, die er während der letzten Monate aus Stolz nicht beanspruchen wollte, wird nun automatisch in die Wege geleitet. Erneut rappelt er sich auf. Der „Stehauf-Mann" Vinzenz, so kommt es einem vor, hat sich offensichtlich versöhnt mit seinem Schicksal und sieht dem neuen Abschnitt in seinem Leben in hoffender Erwartung entgegen. Felix, der alles dransetzt, Vinzenz den ihm gebürtigen Platz zum Leben zu vermitteln, findet bald ein passendes Wohnobjekt. Ein denkmalgeschützter Spycher, den der Besitzer Paul, mit dem Felix befreundet ist, beim Bau des Kleezentrums in der Hauptstadt rettete und auf sein Land stellte, ist die geeignete Bleibe für Vinzenz, eine ideale Lösung. Er spricht mit Paul und bittet ihn, dem jetzigen Mieter zugunsten von Vinzenz zu künden, der in misslichen Umständen stecke. Paul, ein grosser Menschenfreund und selbst Bio-Bauer, der Vinzenz seit Längerem kennt und viel Verständnis hat, willigt ein. Während Vinzenz in der Reha-Klinik weilt und das Gehen übt, zügeln Felix und Bekannte seine wichtigsten Sachen, von denen er ihnen eine Liste verfasst hat. Das meiste von seinem Hab und Gut bleibt in Haus, Keller und Scheune zurück. Die landwirtschaftlichen Gerätschaften kann er eh nicht mehr verwenden. An den Möbelstücken von Sophia hat er kein Interesse. Auch seine eigenen Gegenstände finden im zukünftig einzigen bewohnbaren Raum nicht alle Platz. Vieles von den Habseligkeiten lassen die Männer an ihrem alten gewohnten Platz stehen. Wie in all den Jahren steht der Hof da, nun ist er verlassen und menschenleer. Der Tisch und die Sitzbank vor dem Haus laden nach wie vor zum Verweilen ein und bleiben ihrer Stellung für kommende Gäste treu, auch wenn diese sicher nicht eintreffen werden. Hinten auf der Weide blüht der Löwenzahn, als ob nie etwas geschehen wäre.

JUNGES PFLÄNZCHEN KEIMT IM GERÖLL

Der Kuraufenthalt ist zu Ende. Felix holt Vinzenz ab und fährt ihn in sein neues Zuhause. Vinzenz ist gespannt, er hat nur die Beschreibungen von Felix gehört. Immerhin weiss er, wo es ist. Pauls Hof kennt er von früher. Nach einer Stunde Autofahrt kommen sie an. Vinzenz verliebt sich sofort in das schmucke Holzhäuschen mit Laube, das umgeben von Obstbäumen in dem kleinen Weiler steht. Beim Anblick leuchtet das über die Jahre runzlig gewordene Gesicht auf. Die Haare trägt er lang und hat sie zu einem Rossschwanz gebunden, die zerfurchte Stirn tritt damit noch prägender in Erscheinung. Fortan spricht er von seinem Spycher, das sein neues Heim geworden ist. In der ersten Zeit bereitet ihm das Gehen noch etwas Mühe. Bald einmal ist er fähig, im unteren Stock die fehlende Dusche, ein WC und ein Lavabo einzurichten. Paul unterstützt Vinzenz, der die Hilfe freudig annimmt, beim Umbauen. Sein Leben katapultierte ihn in eine neue, unbekannte Dimension hinein. Jetzt ist er froh, eine neue Perspektive zu haben und mit seinen Händen wieder etwas Sinnvolles zu erarbeiten.

Im September muss er im nahe gelegenen Dorf das Arbeitsprogramm für Langzeiterwerbslose beginnen. In der Sozialinstitution „Recy" werden alte Computer in die einzelnen Bestandteile zerlegt, die dann separat entsorgt werden. Ausgerechnet Computer! Vinzenz, der bis anhin den digitalen Errungenschaften eher mit Skepsis als Begeisterung begegnet war, soll nun exakt an diesen Apparaten herumhantieren. Es ist absurd. Der Gedanke daran ist ihm ein Gräuel, doch er hat keine andere Wahl. Am nächsten Montag muss er dort erscheinen.

Anfänglich fällt es ihm schwer, diese eintönige Arbeit zu verrichten. Er sieht keinen Sinn dahinter. Vinzenz ist gewohnt, mit Tieren und Pflanzen, lebendigem Material, zu schaffen. Nun ist er gezwungen, tote Materie zu entsorgen. Sein Unmut dauert nicht lange an. Schon in der zweiten Woche merkt Vinzenz, dass die Leute dort, alle wesentlich jünger als er, auch Menschen mit ihren Sorgen und Nöten sind, wie er. Menschen haben ihn doch immer interessiert. Seine Neugier erwacht. Die vergangene Öde füllt sich behutsam mit Leben. Vinzenz hat wieder Zuhörer und erlebt neuerdings Tage mit kleinen Freuden. In seinem Spycher ist er umgeben von Nachbarn, die ebenso schräg im Leben stehen wie er. Vinzenz wird immer zuversichtlicher.

Eines Abends ruft Vinzenz' Bruder, Albert, Nora an. Nora ist sehr überrascht, kann aber sofort seine Gedanken mitverfolgen. Er will die aufgekommenen Unstimmigkeiten während Vinzenz' Unfalls klären. Darauf spricht er auf das Leben seines Bruders an: „Er ist der Gescheiteste von uns allen, hat eine kaufmännische Ausbildung hinter sich und müsste eigentlich etwas von Buchhaltung verstehen. Mit den Beiträgen für die Kinder hat er in seinem Kleinheim viel Geld verdient." Albert kann die Entwicklung von Vinzenz zum Sozialfall nicht verstehen. „Es ist mir schleierhaft, wie es so weit kommen konnte." Nora pflichtet ihm in seiner Wahrnehmung bei.

Im Frühling des nächsten Jahres beginnt Vinzenz mit seiner liebsten Tätigkeit. Von Paul hat er ein Stück Land erhalten, das er bebauen will. Er ist glücklich, seine Hände und Füsse brauchen die Erde, um nicht gänzlich in den Utopien zu landen. Die Verbindung mit Nora ist Vinzenz wichtig. Zwischendurch ruft er sie an und erzählt von seinen neuen Erlebnissen. Sie besucht ihn spontan oder mit Abmachung in seinem Spycher. Auch Belisia und Pedro sind sehr willkommen und immer gern gesehene Gäste. Sophia hat vor Längerem den Kontakt zu ihm abgebrochen. Monate später erreicht ihn auf Umwegen die Nachricht von ihrem Tod. Er wusste von ihrer Krankheit und legt diese Geschichte mit dem Sterben endgültig beiseite. Die alles umfassende Einsamkeit des letzten Winters hat ihn glücklicherweise verlassen, dennoch fühlt sich Vinzenz allein. Sein Leben hat sich zwar normalisiert, er hat eine Beschäftigung und wieder Geld; auch wenn er damit keine grossen Sprünge machen kann. Ein Gläschen Wein und Tabak für Zigaretten liegen nun wieder alleweil drin. Doch ihm fehlt eine Frau. Je älter er wird, umso stärker wird sein Verlangen nach Zweisamkeit. Im „Recy" ist er nach mehreren Monaten ein gefragter Mitarbeiter. Die Monotonie der Arbeitstage erträgt er nur dank seiner abendlichen Beschäftigung in seinem Garten. Deshalb stimmt er sofort zu, als ihn sein Chef fragt: „Möchtest du die Leitung der Gruppe übernehmen? Ich denke, du hast die Fähigkeiten dazu!"

Hiermit wird er zusätzlich etwas interessantere Arbeiten verrichten können. Seine neuen Hauptaufgaben sind: neu eintretendes Personal anleiten und einführen, Warenein- und -ausgang, Überwachung der Werkstatt.

Vinzenz fertigt für sich ein Minikonzept auf einer DIN-A4-Seite an; ausgehend von ICH in der Mitte gehen Pfeile, die alle Bereiche umfassen. Die alte Gewohnheit, einen detaillierten Plan vor Augen zu haben, nimmt er auch hier wieder auf. Vinzenz freut die Nachricht und quasi Beförderung sehr. Zukünftig nennt er sich ein wenig überheblich „Werkstattleiter".

Der neue Alltag wird zur Routine, die sich in den Wochen niederschlägt. Vinzenz braucht Abwechslung. Lange genug ist er seinen Trott gegangen. Eine unbekannte Entdeckung ist sein neues Ziel. Zwischen Weihnachten und Neujahr reist Vinzenz für sechs Wochen in den Norden Portugals, wo Pauls Schwester und ihr Mann auf einem Bauerngut mit vielen Olivenbäumen leben. Nach dem ersten Besuch kehrt Vinzenz erfreut und voller Ideen zurück. Mit dem frischen Projekt öffnen sich neue Welten. Von nun an zieht es ihn jedes Jahr dorthin.

In Kürze, genau im Februar, also in einem Monat, wird er seinen 60. Geburtstag feiern. Ein Meilenstein in seinem bewegten Auf und Ab durch die Zeiten. Mit seiner prekären Alterspension denkt er wieder ans Auswandern. Mit dieser mickrigen Rente will und kann er nicht in der Schweiz leben. Das Bauerngut von Pauls Schwester in Portugal ist sein neues Ziel. Olivenbäume pflegen und ernten, Olivenöl herstellen, den Weinberg bearbeiten, Wein kultivieren, Gemüse anbauen, das sind seine Gebiete, in denen er sich wohlfühlt. Noch ist es nicht so weit. Trotzdem erzählt Vinzenz jeder Person, die ihm über den Weg läuft, seine Auswanderungsabsicht.

Seit seinem Unfall ist der Kontakt zu seinem Elternhaus auf ein paar wenige Telefongespräche beschränkt.

Mit seinen vier anderen Geschwistern herrscht lange schon Funkstille. Ausser von Albert hört er von ihnen nichts. Er fragt ihnen aber auch nichts nach. Sie sind ihm gleichgültig. Eines milden Spätsommertages ruft die Mutter aufgeregt und in Tränen aufgelöst an: „Der Vater hatte einen Kreislaufkollaps und musste ins Regionalspital verlegt werden."

Vinzenz versucht, mehr in Erfahrung zu bringen, doch es gelingt ihm vorerst nicht. Erst als sie sich etwas beruhigt hat, kann sie ihm die Umstände schildern. Am darauffolgenden Sonntag besucht er den Vater, den er eine Weile nicht mehr gesehen hat. Der alte todkranke Mann liegt eingefallen im Krankenbett. Ein kurzes Aufflackern zeigt sich in seinem Gesicht, als sein ältester Sohn eintritt. Vorwurfsvoll kramt er alte Geschichten hervor, die ihn mit Vinzenz verbinden. Der geht aber nicht darauf ein, sieht er doch, wie schwach sein Vater geworden ist. Vinzenz mag nicht streiten. Das Gespräch, das er sich erhofft hatte, kommt nicht zustande. Bald ist der Vater erschöpft und schläft ein. Resigniert verlässt Vinzenz das Spital, enttäuscht wie immer, wenn er die Nähe zu seinem Vater suchte. Nach drei Tagen stirbt der Vater. Vinzenz geht mit Belisia und Pedro zur Beerdigung.

Aus dem verlesenen Lebenslauf während der Abdankungsfeier hören seine Enkelin und sein Enkel zum ersten Mal von seiner Kindheit als „Verdingkind". Das Tabu in der Familie ist ein Leben lang aufrechterhalten geblieben. Plötzlich erahnen die Kinder die harte Kindheit und Jugend ihres Vaters und sehen ihn mit anderen Augen und in neuem Blickwinkel. Dank der offen ans Tageslicht getretenen Neuigkeit können sie jetzt die schroffe Art des Vaters besser verstehen. Dennoch fragt Belisia vorwurfsvoll viel später ihre Mutter: „Wieso habt ihr nie darüber gesprochen? Die lange verheimlichte Wahrheit hat mich sehr betroffen gemacht."

Nora gibt ihr zur Antwort: „Vinzenz hat ganz zu Beginn unserer Beziehung das wie nebenbei erwähnt und dann nie mehr. Sicher wollte er die Tatsache nicht wahrhaben und sie damit verschwiegen und vergessen."

Die Mutter lebt nach dem Tod ihres Mannes innerlich auf, obschon sie allerlei Altersbeschwerden hat. Ihre Töchter unterstützen sie, wo sie nur können, damit sie noch ein paar Jahre in ihrem Haus bleiben kann. Ihre Vergesslichkeit nimmt von Jahr zu Jahr zu. Bis zu dem Punkt, an dem sich die Familie zwar widerwillig, aber gezwungen sieht, die Mutter im Altersheim des Dorfes unterzubringen. Um den hohen monatlichen Pflegebeitrag zu gewährleisten, muss das Elternhaus veräussert werden. Die Geschwister wollen das Grundstück möglichst schnell und teuer verkaufen. Vinzenz ist nicht damit einverstanden und widersetzt sich. Nach dem Zerwürfnis zieht sich Vinzenz zurück und spaltet sich definitiv ab. Die letzten schwachen Familienbande zerreissen endgültig.

Mit der Betätigung an Computern legt Vinzenz seine Vorurteile gegen solche ab. Gerne hätte er auch so ein Gerät, mit dem er sich mit der Welt vernetzen kann. Die Abende und Wochenenden sind eintönig und anregende Impulse täten ihm sicher gut. Sein Freund Rolf, der eine Informatikberatung betreibt, besorgt ihm auf Wunsch ein funktionstüchtiges älteres Modell. Am folgenden Samstag kommt Rolf ins Stöckli. Vinzenz kocht ein Abendessen, während Rolf den Computer einrichtet. Nach dem Essen erklärt er ihm die Funktionen von Mail, Internet und weiteren Zugängen. Bis spätabends sitzen die Männer zusammen und reden über Gott und die Welt. Vinzenz hat das Alleinsein satt. Er sucht auf verschiedenen Plattformen eine Frau. Auch für das wollte er einen Computer, verriet aber Rolf den wahren Grund nicht. Er schob seinen Sohn vor, der auf Facebook ist, und er ihn somit einfacher erreichen kann.

Nora, die von Belisia und Pedro von der Suche hört, ist mehr als erstaunt. Nicht, dass ihr Ex-Mann eine Partnerin sucht, nein, doch die für sie neuartige Weise setzt sie in grosse Verwunderung. Das hätte sie nie gedacht, dass Vinzenz virtuell in Kontakt mit Frauen kommen würde. Sie hat nie eine Kandidatin gesehen; im Gegensatz zu ihren Kindern, die mit Kommentaren nicht zurückhaltend sind und die Mutter auf dem Laufenden halten. Die paar Frauen, die Vinzenz kennenlernte, überzeugten ihn nicht wirklich. Er lässt seine Suche vorerst ruhen. Die Arbeitstage sind ausgefüllt mit seinen verschiedenen Aufgaben. Nach Feierabend gönnt er sich im Dorfcafé ein Glas oder zwei Gläser Rotwein und wartet auf die Abfahrt seines Postautos. Oft verbringt er auch seine Mittagspause dort. Mit der Zeit kennen die Leute Vinzenz, der sofort mit jeder und jedem ein Gespräch beginnt. Das Dorfcafé ist längst zu seiner Wohnstube geworden, wie früher in der Stadt, als er dort auch seine Stammkneipe hatte. Hier hat er die nötige Abwechslung. Er diskutiert, polemisiert, schimpft und redet nach wie vor von einer besseren Welt.

WACHSENDE STEINNELKE

Mit den ersten kühler werdenden Nächten des Früh-
herbstes verbringt Vinzenz zwangsläufig wieder mehr
Zeit drinnen in seinem Studio. An einem besonders
tristen, grauen Regentag im September schaut sich
Vinzenz seit Langem wieder einmal die verschiedenen
Plattformen der Liebesvermittlungen an. Er findet nichts
Ansprechendes und geht bald schlafen.

Mit seinen geliebten Frauen Nora und Sophia hatte
Vinzenz alt werden wollen. Beide hatten andere Pläne
und durchkreuzten seine. Noch hat Vinzenz die Hoffnung nicht aufgegeben, mit einer Frau alt zu werden.

Erst nach ein paar Tagen ist er wieder im Netz. Da
stösst er auf ein sympathisches Porträt einer Frau. Sofort
meldet er sich mit ausgewählten Worten und wartet gespannt auf eine Antwort. Nach Feierabend zu Hause
angekommen wird als erste Tätigkeit der Computer ge-
startet und die Plattform besucht. Nichts, seine Geduld
wird auf die Probe gestellt. „Wahrscheinlich war mein
Eintrag zu wenig attraktiv, sodass ein Interesse daran eine
Rückmeldung verhinderte", ist sein erster Gedanke. Erst
nach mehreren Tagen schreibt die Unbekannte: „J'aime
le thé!", und gibt ihre Mobiltelefonnummer bekannt.
Vinzenz freut sich, obwohl es zu spät ist, um zu telefonieren. Er kann den morgigen Tag kaum erwarten. Der
Arbeitsschluss, der normalerweise schnell da ist, zieht
sich hin. Der Stundenzeiger der Uhr in der Werkstatt
scheint mit Leim verklebt und rückt kaum vorwärts.
Endlich ist es Feierabend. Vinzenz nimmt heute Abend

den Postautokurs, der kurz nach fünf Uhr fährt, und geht nicht wie sonst ins Café.

Zu Hause auf der Laube sitzt er ab, greift aufgeregt zum Mobiltelefon und wählt die Nummer. Beim dritten Klingelton meldet sich eine Frauenstimme: „Hallo?"

Vinzenz nennt seinen Namen und nimmt Bezug aufs Mail, das er ihr gesandt hat. Auf die verschiedenen Fragen wiederholt sie immer wieder monoton und einsilbig: „J'aime le thé"!

Ihre sture Beharrlichkeit zieht ihn in den Bann; er will sie unbedingt sehen und näher kennenlernen. Immerhin nennt sie ihm ihren Wohnort und den Vornamen. Seinen Vorschlag, sich am nächsten Samstag dort in der Nähe des Bahnhofes zu treffen, nimmt sie an. Am besagten Samstagmorgen steht Vinzenz noch in der Dämmerung auf. Draussen ein wolkenverhangener Himmel, Nieselregen und Kälte, nicht wirklich ein einladendes Ambiente für ein erstes Treffen. Vinzenz sagt die Begegnung ab und ist erstaunt, wie schnell die Frau einwilligt, die Zusammenkunft auf einen Sonnentag zu verschieben. Ein gutes Zeichen, das ihn freudig stimmt. Ungeduldig muss Vinzenz die nächste bessere Gelegenheit abwarten. Die Prognosen für das nächste Wochenende sind gut, kein Regen ist angesagt. Beim Aufwachen am Samstag liegt die Welt rund ums Stöckli in dichtem Nebel. Gegen Mittag lockern sich die Nebelschwaden auf. Für Vinzenz ist der ersehnte richtige Moment da. Nach einem kurzen telefonischen Kontakt mit der fremden Frau vereinbaren sie, sich im „Café de la Gare" zu treffen. Das Foto von ihrem Porträt kennt er ja, ihr Ausdruck hatte ihn dazu bewogen, sie auszusuchen, also wird ein Erkennen nicht schwierig sein.

Vinzenz, dem normalerweise sein Äusseres ziemlich egal ist, setzt dennoch an diesem Tag dem Aspekt einen grösseren Wert zu als sonst. Er wechselt einige Male die Kleider und mustert sich im Spiegel, bis er mit seinem Outfit zufrieden ist. 15 Uhr hatten sie abgemacht. Vinzenz muss sich beeilen. Pünktlich trifft er im vereinbarten Café ein, schaut sich um und erkennt keine Person, die dem Foto entspricht. Er setzt sich an einen freien Tisch in der Sonne. 15 Uhr ist vorbei, nirgends eine Frau, die nach einem Mann Ausschau hält. Vinzenz wird unruhig, schaut dauernd auf sein Mobiltelefon, ob er vielleicht eine Mitteilung übersehen hat. Endlich kommt eine Frau auf ihn zu, Vinzenz erkennt unverzüglich ihr Gesicht und weiss, das ist sie. Die Begrüssung ist etwas verhalten, doch kurz danach sind sie in ein angeregtes Gespräch vertieft. Sie trinken keinen Tee, sondern Kaffee zusammen.

Valérie ist in Kamerun geboren und lebt seit Längerem in der Schweiz. Sie erzählt ihre abenteuerliche Flucht in die Schweiz vor dem Mann, den sie heiraten sollte, weil ihr Ehemann verstorben war. Der Stammesälteste forderte geradezu diese neue Verheiratung und stufte sie als besonders geeignet ein. Sie widersetzte sich diesem Vorhaben und reiste mit ihrer Freundin quer durch den Kontinent, nahm in Tanger das Schiff, um nach Europa zu gelangen. Diese Schilderung beeindruckt Vinzenz heftig.

„Wieso hast du gerade die Schweiz als Zufluchtsort gesucht?", fragt Vinzenz.

„Meine Schwester ist hier lange schon mit einem Schweizer verheiratet."

Langsam versinkt die Sonne hinter dem Bahnhofsgebäude. Es wird kühl. Vinzenz und Valérie verabschieden sich und gehen heim. Die zarten Bande einer Zweisamkeit, die Vinzenz heute gespürt hat, will er unbedingt weiterverfolgen. Schon am nächsten Abend ruft er sie an und ist entzückt über ihre Freude. Die afrikanische Frau trägt andauernd eine Perücke mit glattem schwarzem Haar und versteckt damit den krausen Haarwuchs. Will sie so ihre wahre Herkunft verleugnen? Valérie mit dem üppigen Körperbau ist drei Jahre jünger als Vinzenz; beide erleben die späte Erfüllung einer Verliebtheit im Alter und eines Zusammengehörigkeitsgefühls. Ihre Verabredungen werden zahlreicher, für Vinzenz wird Valérie zum neuen Fixpunkt in seinem Leben. Sie treffen sich nun regelmässig. Unter der Woche lebt Valérie in einer Familie, wo sie für Haushalt und Kinder zuständig ist. Die Wochenenden verbringen sie meistens im Spycher, der Valérie besonders gut gefällt. Sie schenkt ihrem Mann afrikanische Hemden in bunten Farben, die er sehr gerne anzieht. Seine neue Frau legt grossen Wert auf die Kleidung und sein Aussehen. Sie kleidet sich eher europäisch, selten trägt sie die typischen afrikanischen Kleider aus vielgestaltig gemusterten und farbenfrohen Stoffen. Dieses Jahr hat Vinzenz seine Reise nach Portugal im Frühling geplant. Bald wird es so weit sein. Als er Valérie davon erzählt, erwidert sie voller Angst: „Und dann wirst du nicht mehr zurückkommen und mich verlassen?"

Vinzenz versichert ihr: „Ich bin fünf Wochen weg und kehre dann zu dir zurück." Er merkt, dass seine Worte ihr nicht genügen.

Am darauffolgenden Samstag schenkt er ihr einen Ring als Zeichen der Treue. Valérie ist entzückt und jubelt vor lauter Freude. Sie umarmt Vinzenz innig und küsst ihn leidenschaftlich.

Während des Aufenthaltes in Portugal telefonieren sie oft stundenlang und können das Wiedersehen kaum erwarten. Sobald Vinzenz wieder in der Schweiz ist, geht er schnurstracks zu Valérie und erst nachher zu sich nach Hause. Vielleicht war es sein letzter Besuch in Portugal. Valérie will nicht, dass er noch einmal ohne sie weggeht. Eher unwahrscheinlich scheint Vinzenz, dass sie zusammen dorthin gehen werden.

Das Zimmer, das Valérie als Absteige gedient und das sie nur an freien Tagen bewohnt hatte, hatte sie gekündigt. In der Freizeit weilt sie sowieso bei Vinzenz, demzufolge ist die Bleibe überflüssig geworden. Es findet kein offizieller Umzug statt, doch Valérie zieht nach und nach mit ihren wenigen Habseligkeiten im Spycher ein. Sie hat keine Niederlassungsbewilligung und ist eine sogenannte Person „sans-papiers". Nie schien ihr die Notwendigkeit für eine offizielle Anmeldung gegeben. So wie sie hier leben kann, ist sie mehr als zufrieden.

Vinzenz und Valérie haben Samstag Mittag mit Belisia und Pedro im Dorfcafé abgemacht. Nora ist ebenfalls im Dorf, um ihre Besorgungen zu tätigen. Zufällig geht sie am Café vorbei und sieht alle draussen am Tisch sitzen. Freudig begrüsst sie alle, nimmt sich einen freien Stuhl und sitzt ebenfalls ab. Nach dem kurzen spontanen Zusammentreffen gehen sie zusammen zum Bahnhofsplatz. Valérie bleibt in der Nähe von Nora, hängt sich bei ihr ein und klagt: „J'en ai marre des grands mots, et a la fin, reste rien du tout. Il fait des promises, qui ne se réalise jamais."

Nora kennt den Zankapfel ihres Ex-Mannes allzu gut, hört aber aufmerksam zu und denkt: „Du hast ihn gewählt, also musst du selbst zurechtkommen." Verständnisvoll, wie sie ist, antwortet sie: „Je sais, mais malgré tous, je ne peux pas t'aider."

Die neu zusammengewürfelte Familie verabschiedet sich, die erwachsenen Kinder verbringen den Abend mit ihrem Vater und seiner neuen Partnerin. Nora erwartet ihre Freunde, die zu Besuch kommen und die sie mit einem exklusiven Nachtessen verwöhnt.

Das noch junge Paar, zwar nicht altersmässig, beschliesst der Einfachheit halber, im nächsten Frühling zu heiraten. Das erfordert einiges an Dokumenten, angefangen bei der Aufenthaltsbewilligung, die gar nicht vorhanden ist. Vinzenz erkundigt sich auf dem Zivilstandsamt, was zu tun sei. Auf einem mehrseitigen Merkblatt, das ihm ausgehändigt wird, sind alle Details aufgelistet. Zusammen stellen sie das erforderliche Gesuch um eine Kurzaufenthaltsbewilligung für Valérie zwecks Eheschliessung und reichen dieses in der Gemeindeverwaltung ein. Der Antrag wird an das Migrationsamt weitergeleitet und zieht sich in die Länge. Eines Freitagabends stürmt Valérie zur Tür des Spychers herein. In Tränen aufgelöst und wütend bringt sie den Satz hervor: „La police m'a arreté et voulait voir mes papiers!" Der tiefe Seufzer, den sie darauf ausstösst, verrät ihre Niedergeschlagenheit und dringt in seinem wehklagenden Ton unter die Haut. Vinzenz, der alles der Reihe nach wissen will, entnimmt ihrem Bericht, dass sie in eine Routinekontrolle an der Postautohaltestelle am Bahnhof geraten ist und keine Identitätskarte, nichts vorweisen konnte. In der Not hätte sie den Beamten die Telefonnummer wie Namen und Adresse von ihm angegeben.

Valérie beruhigt sich allmählich; den Abend, den Vinzenz schon im Eimer sah, können sie nun doch geniessen. Am nächsten Montagabend, Valérie ist wieder zur Familie zurückgekehrt, die ihr Kost und Logis gibt und einen kleinen Lohn auszahlt, erscheinen zwei Polizisten bei Vinzenz zwecks Überprüfung der angegebenen Daten seiner Partnerin. Sie verweisen auf die illegale Beherbergung und machen ihn auf ein nachfolgendes Strafverfahren aufmerksam. Nach ein paar Tagen legt der Postbote einen Abholschein für einen eingeschriebenen Brief in den Kasten. Bei der nächsten Gelegenheit holt Vinzenz das Schreiben auf der Post ab. Als er zu Hause angekommen ist, reisst er den Brief voller Ungeduld auf, was erwartete ihn da? Schon der Umschlag deutet auf eine böse Überraschung hin. Es ist der Strafbefehl von der Staatsanwaltschaft und beinhaltet folgenden Text:

„Zwecks Förderung und Erleichterung des rechtswidrigen Aufenthalts in der Schweiz ist die Strafbestimmung nach Artikel 116 Absatz 1 des Bundesgesetzes über die Ausländerinnen und Ausländer und über die Integration (kurz: AIG) erfüllt und Sie werden zu einer Freiheitsstrafe von drei Monaten verurteilt." Unterschrieben von der Frau Staatsanwältin und einer weiteren Person. „Das kann doch nicht wahr sein! Weil ich mit meiner Partnerin die Wohnung teile, was das Normalste ist auf dieser Welt, soll ich nun deswegen ins Gefängnis! Sicher nicht, da trefft ihr auf einen harten Brocken." Aufgebracht und entsetzt über die Macht der Justiz, erhebt er Einsprache und schreibt der Staatsanwältin noch am selben Abend einen Brief in seiner schwungvollen klaren Handschrift:

„Sehr geehrte Frau Staatsanwältin

Hiermit beantrage ich die Beiordnung eines amtlichen Anwaltes. Meine Beweggründe, mich für meine Frau einzusetzen, die ich am 11. März 2016 heiraten werde, sind humanitäre Verantwortung für einen Menschen in Not. Schauen Sie Europa an, wie sie mit der Völkerwanderung aus Syrien, Afrika usw. umgehen. Ich war und bin fähig, zu einem Menschen Sorge zu tragen, und das tu ich seit über zwei Jahren. Liebe ist kein Verbrechen, deshalb verstehe ich nicht, dass ich verurteilt werden soll. Ich werde Ende Februar pensioniert, habe nach 30-jähriger Selbstständigkeit als Bio-Landwirt meine Pacht verloren und bin seit 2009 leider Gottes sozialabhängig. Ich hoffe, dass Sie ein wenig Verständnis haben. Liebe kann nie ein krimineller Fehltritt sein."

Die lang ersehnte Antwort der Staatsanwältin erfolgt nicht persönlich, wie sein emotionaler handschriftlich geschriebener Brief, sondern in Form einer amtlichen Beurteilung: In Strafsachen ist die Beiordnung eines amtlichen Verteidigers nur in gravierenden oder komplizierten Fällen möglich. Sie hält am Strafbefehl fest und überweist die Akten dem erstinstanzlichen Gericht zur Durchführung eines ordentlichen Hauptverfahrens. Am Schluss des Briefes ist das Datum der Vorladung, die im Amtshaus stattfindet, festgehalten. In seiner Not verlangt Vinzenz einen Termin bei seinem Betreuer aus dem Sozialdienst. Er zeigt ihm den Strafbefehl und die

Vorladung und erklärt, wie es dazu gekommen sei. Der Betreuer meint: „Das Beste ist wohl, dich dorthin zu begleiten." Vinzenz ist froh um die angebotene Hilfe, dankt ihm und verabschiedet sich. Erleichtert kehrt er zurück und kocht sich ein gutes Abendessen.

Der Tag der Vorladung ist da. Auf dem Dorfplatz haben sie abgemacht und steigen in das Tram, um in die nahe Stadt zu fahren. Der Gerichtspräsident und ein Gerichtsschreiber erwarten sie. Vinzenz wird nach seinen Gründen gefragt und es wird nachgehakt, wenn etwas unklar ist. Danach wird der Betreuer um seine Meinung gebeten, er verteidigt ihn und seine guten Absichten. Vinzenz weiss, dass der Betreuer, der ihn seit Anfang an kennt, ihm gut gesinnt ist. Nach einem mühsamen Hin und Her der Verhandlung, die mit Akribie gestellten Fragen, ein Frage- und Antwortspiel sondergleichen, das der Gewichtung des Vergehens Rechnung tragen muss, spielt sich ab. Endlich kommt der Gerichtspräsident zu dem Schluss: „Nach Artikel 116 Absatz 2 AIG werden Sie schuldig erklärt und als leichter Fall mit einer Busse belegt." Vinzenz ist zufrieden, dass er keine Freiheitsstrafe erhalten hat, die wirklich unverhältnismässig gewesen wäre. Die hohe Summe, die er bezahlen muss, liegt in seinen prekären finanziellen Verhältnissen gar nicht drin. Im Laufe der Zeit kann er die Busse mit geleisteten Arbeitsstunden in gemeinnütziger Arbeit in seiner Wohngemeinde abgleichen. Auch Valérie wird mit einer Geldstrafe gebüsst. Ihr werden dieselben Bedingungen auferlegt wie Vinzenz. Jedoch laufen ihre Einsätze wesentlicher zäher ab, da sie des Öfteren ein Arztzeugnis mit Rückenbeschwerden vorweist. Akzeptiert sie die Strafe überhaupt? Sieht sie einen Zweck darin oder empfindet sie das Ganze nur als Schikane eines perfekten Staates?

Für die Heirat wartet Valérie auf die Geburtsurkunde aus Kamerun und das dauert erfahrungsgemäss immer sehr lange. Schliesslich sind alle Papiere vorhanden und das Hochzeitsfest kann stattfinden. Die multikulturelle Stadt, in der sie sich zum ersten Mal begegneten, wählen sie für ihre Trauung aus. Die Vorbereitungen laufen auf Hochtouren. Die vorgeschlagenen Daten des Zivilstandsamtes müssen mit den der Trauzeugen koordiniert werden. Der angesagte Termin ist in Windeseile da. Die Ziviltrauung mit den Trauzeugen findet um 13 Uhr statt. Pedro, der Trauzeuge ist, und die Schwester von Valérie, die Trauzeugin, sind dabei. Belisia mit ihrem Freund und der Ehemann der Schwester sind ebenfalls mit von der Partie. Ab 15 Uhr sind die Gäste zu einem Apéro mit anschliessendem Essen eingeladen. Die versprochenen Snacks bleiben aus, wenigstens erhalten die Gäste etwas zu trinken. Das Apéro wird zum Warten auf bessere Zeiten mit ein paar wenigen Leuten. Nora ist ebenfalls eingeladen. Sie kommt zum Apéro der etwas andern Art. Belisia, Pedro und sie sitzen am Tisch und harren der Dinge, die da kommen werden. Das Brautpaar fehlt. Wo sind sie nur? Abwarten, sich in Geduld üben, umhergehen, auf der Strasse unten Ausschau halten, all dies bringt die beiden nicht schneller her. Nach einer gefühlten Ewigkeit tauchen sie auf und Vinzenz verkündet: „Das Essen ist in einem andern Lokal im Zentrum der Stadt" und erklärt den Weg. Nachdem die Gäste im neuen Raum angekommen sind, werden sie langsam hungrig und ungeduldig. Sie warten weiter, längst ist es Abend geworden. Bald verschwinden einige Gäste stillschweigend in ein nahe gelegenes Restaurant, ein Häppchen essen, da ihr Hungergefühl doch zu gross wurde. Vinzenz wird immer unruhiger und geht nervös auf und ab. Valérie in ihrem weissen Hochzeitskleid sitzt gelangweilt und zugleich verärgert am Tisch. Die Stimmung ist aufgekratzt. Die Leute, die je später der Abend, desto zahlreicher werden, nehmen es mehr oder weniger gelassen und unterhalten sich angeregt. Nach Stunden erscheint endlich das afrikanische üppige und vielseitige Essen, das die verschiedenen Helfer nun auf einem Buffet bereitstellen. Fleischplatten mit Huhn, Rind und Lamm, leckere Füllungen mit Bananen- oder Maniokblättern umhüllt, verschiedene gegrillte Gemüsesorten; das Buffet ist wahrhaft reichhaltig, das lange Warten hat sich gelohnt. Die hungrigen Frauen und Männer greifen zu. Nora spricht mit einem älteren Afrikaner, der zu ihr sagt: „Ich war schon auf vielen afrikanischen Hochzeitsfesten, aber das jetzt, so etwas habe ich noch nie erlebt." Er lacht grosszügig und schüttelt mehrmals seinen ergrauten Kopf.

Nach der ausgiebigen Mahlzeit rückt der Discjockey an und dreht die Musik laut auf. Schon bewegen sich einige im mitreissenden Rhythmus; bald werden es immer mehr. Lange nach Mitternacht verlässt Nora die Hochzeitsgesellschaft, die noch bis in die frühen Morgenstunden ausgelassen feiert.

Nun ist Vinzenz pensioniert und freut sich über die frei verfügbare Zeit, die er seit seinem Leben auf der Lichtung als Selbstständiger nicht mehr hatte. Er arbeitet auf seinem Acker und sät, jätet, setzt sein Gemüse, wie früher, als er immer voller Genugtuung von seiner Selbstversorgung sprechen konnte. Eine grosse Zahl von Bekannten vermitteln ihm Tätigkeiten, die er in der vielen Zeit, die er hat, gerne annimmt. Die verschiedenen Arbeitseinsätze wie Bäume, Hecken und Sträucher schneiden, Mithilfe beim Umbau eines Hauses oder Gartenarbeiten bringen ihm mit seiner kargen Rente ein zusätzliches Einkommen und damit ein klein wenig besseres monatliches Durchkommen. Aufs Neue liest er Bücher, sitzt auf seiner Bank in der Laube und lässt sich bezaubern von fernen Welten. Seine frühere Begeisterung für die Literatur hat ihn neu entflammt.

Unter der Woche arbeitet Valérie nach wie vor in ihrer Familie als Hausangestellte und ist nur an den Wochenenden bei ihrem Ehemann. Sie telefonieren zwar oft miteinander, aber meist nur kurz, um Alltäglichkeiten auszutauschen. Das Zutrauen, das Vinzenz mit Nora und Sophia hatte, fehlt ihm hier, nicht einmal die leiseste Andeutung davon ist vorhanden. Ist ihre Verbindung zu stark von den kulturellen Unterschieden geprägt, als dass ein gegenseitiges Vertrauen möglich ist? Vinzenz glaubt, die noch frische Beziehung kenne die notwendige Tiefe des gelebten Alltages noch nicht und brauche noch etwas Zeit dazu. Er ist davon überzeugt, dass sein Entscheid richtig ist und ihn in einen spannenden frischen Lebensabschnitt führt. Im Wandel der Zeit werden Vorsätze zu fest gefassten Meinungen und können manchmal Berge versetzen. Zu neuen Horizonten aufbrechen, das Alte, Verbrauchte hinter sich lassen und Neuland betreten.

Die Heirat mit Valérie bietet Vinzenz diese Gelegenheit an. Erwartungsvoll nimmt er sie an und meint, auch mit einer dritten Frau glücklich zu werden. Vor allem betritt er mit ihr unbekanntes Territorium in jeder Hinsicht. Sei es die Kultur, die Sprache oder der Lebensinhalt; das frisch Dargebotene nimmt er mit Handkuss an. Und wieder fliegen die Utopien dem Himmel zu. Vinzenz ist zu neuen Ufern unterwegs, und die möglichen Taten brennen ihm unter den Fingernägeln. Der anders gefüllte Lebensabschnitt kann beginnen.

AUSWANDERUNG

Unterdessen ist Portugal als Auswanderungsort kein Thema mehr. Die letzte Reise dorthin ist längst Vergangenheit. Valérie, die einen Teil ihrer Familie in Kamerun zurückgelassen hat, erzählt viel über das Land, die Musik, die Menschen und ihre Traditionen. Grundsätzlich ist sie nicht abgeneigt, dorthin zurückzukehren. Der enorme Drang, wegzugehen, auszuwandern, verfolgt Vinzenz seit jeher. In seiner Heimat fühlt er sich nur geduldet, von den Stolpersteinen, die ihm in den Weg gelegt werden, hat er genug. Der freie, unverbaute Pfad zieht ihn an. Im neuen Kontinent seiner Ehefrau, die dort ein Haus und Land geerbt hat, kann er seinen Vorsatz realisieren. Die Idee wandelt sich unvermeidlich zu einem zielgerichteten Plan, und sein sehnlichster Wunsch könnte bald wahr werden. In der Schweiz bleibt ihm kein grosses Spektrum an Möglichkeiten. Ein anderer Staat, der ihm bessere Lebensbedingungen beschert, tut sich auf. Die Suche nach seinem gelobten Land all die vergangenen Jahre, angefangen in Zentralamerika über Europa und jetzt Afrika kommt dem Ziel immer näher. Seine Absicht bleibt gleich, nur das Land wechselt von einer zur andern Zeit. Kein Zweifel besteht, dass die finanziellen Bedingungen in Afrika besser sein werden als hier in der Schweiz. Das Vorhaben wird mit allem Drum und Dran sorgfältig vorbereitet. Jedoch verschieben sich die angekündigten Abreisedaten von Jahr zu Jahr. Einmal fehlt das nötige Kleingeld, das andere Mal gibt es Verschiebungen mit dem Schiffscontainer, der Occasionswagen, Werkzeuge und vieles mehr übers Meer bringen soll. Immer gibt es einen Grund, weshalb die Reise wieder für ein paar Monate verschoben wird.

Nora, die eine längere Reise plant, organisiert eine letzte Zusammenkunft mit der Familie, da bei ihrer Rückkehr an Weihnachten Vinzenz und Valérie schon abgereist sein werden. Sie verbringen einen lustigen Abend zusammen, in der Meinung, es sei das letzte Treffen.

Vinzenz besucht seine Mutter nie. Seine Ausrede „Sie kennt mich ja eh nicht mehr" findet Belisia fadenscheinig und sagt zu ihrem Vater: „Es wäre wichtig, dass du sie besuchst, du weisst ja gar nicht, wie sie reagiert. Zumindest versuchen könntest du es." Sie schenkt ihm das Buch „Der König im Exil" von Arno Geiger, das die Demenzerkrankung sehr einfühlend beschreibt. Vinzenz legt es beiseite und liest es nie. Er ist nicht zu überreden, bleibt eigensinnig und geht nicht hin. Sitzt die Enttäuschung des letzten Besuches bei seinem Vater so tief, dass er dieser Begegnung mit der Mutter ausweichen will?

Die Tochter findet es nicht heraus. Einige Monate später teilt eine der Schwestern Vinzenz den Tod seiner Mutter mit. Die Beerdigung ist bezeichnend für die angespannten Familienverhältnisse. Vinzenz, der immer das schwarze Schaf war in der Familie, sitzt während der Zeremonie in der Kirche von seinen Geschwistern getrennt mit seiner Familie in einer separaten Bankreihe. Beim gemeinsamen Essen im Restaurant sitzen sie abgesondert von den andern an einem einzelnen Tisch. Mit der sichtbaren Abgrenzung stellt Vinzenz dicke Mauern auf und setzt sich und seine Lieben in eine Isolationskapsel, die nichts und niemanden durchlässt. Der Bruch mit seiner Herkunftsfamilie ist offenkundig.

Nora ist zurück von ihrer Reise. Von ihren Kindern hat sie gehört, dass Vinzenz und Valérie nun doch nicht abgereist sind. Sie begegnet Vinzenz im Dorfcafé, wie öfters in den letzten Jahren, in denen sich ihre Wege hier kreuzten. Jedes Mal freut sie sich, ihn zu sehen, die gegenseitigen Erlebnisse auszutauschen und wie früher mit ihm anzustossen. Wieder spricht er vom nächsten Abreisedatum.

Nora äussert: „Erst, wenn du gegangen bist, glaube ich an deine Abreise! Schon so manches Mal wolltest du verreisen!"

Es wird nicht das letzte Mal sein, das sie diesen Satz ausspricht. Einmal erscheint in der Dorfzeitung ein oft erwähnter Spruch von Vinzenz, der im Café, seiner Wohnstube, die Runde macht: „Auswandern aus der Schweiz ist schwieriger als einwandern." Er tut sich schwer mit der zähen Entwicklung und dem langwierigen Unterfangen seiner Emigration.

Weitere Monate verstreichen. Wieder ist ein Jahr um. Das Ziel, an Weihnachten im neuen Land zu sein, hat sich erneut zerschlagen. Im nächsten Jahr muss es endlich so weit sein, Vinzenz wird alles daran setzen und ist überzeugt davon. Valérie im Gegenzug eilt es gar nicht. Vinzenz spricht ständig von der Ausreise, dass sie es fast nicht mehr hören mag. Sie kennt die einfachen Umstände in ihrem Heimatland; hier hat sie die Vorzüge eines Umfeldes, wo sie die Luxusgüter, die sie anziehen, ausgesprochen diejenigen mit Markennamen, schnell und meist günstig kaufen kann. Das uralte Mobiltelefon ohne Touchscreen und Schnickschnack von Vinzenz ist ihr ein Dorn im Auge, sie will unbedingt, dass er ein moderneres Modell zur Verfügung hat. Für das aus der Zeit gefallene Ding würde sie sich schämen, wenn ihr Mann damit in ihrem Dorf auftaucht. Valérie kauft ihm ein neues Mobiltelefon, das ihren Vorstellungen entspricht. Höchst ungern nimmt Vinzenz das Gerät trotzdem an, um seine Frau nicht zu verärgern. Er schenkt dem aufstrebenden Verlangen nach einem besseren Leben, wie sie sagt, keine Beachtung. Vielmehr ist er am schlichten Leben im Herkunftsort seiner Ehefrau interessiert und das lässt ihn von einem verlassenen Paradies träumen. Mit dem Beginn des Herbstes geht es plötzlich vorwärts und die Abreise wird konkret.

Anfangs Oktober ruft Vinzenz Nora an: „Ich habe Süssmost gemacht. Immer noch ist viel Fallobst, Birnen und Äpfel, vorhanden. Wenn du willst, kannst du alles abholen."

Sie vereinbaren einen Termin und geniessen zusammen die abendliche Herbstsonne auf der Laube. Am folgenden Sonntag besucht Belisia Vinzenz, der sie fragt: „Kann ich deine Adresse angeben für die noch ankommende Post, die du mir bitte weiterleiten wirst?"

Belisia ist damit einverstanden. Pedro und Nora holen Ende Oktober die Djembe und andere sperrige Dinge ab. Nora, die sich aufgrund ihrer Erfahrungen nicht für das genaue Datum des Fluges nach Kamerun interessiert, denkt, es sei die letzte Zusammenkunft. Sie verabschiedet sich entsprechend. Vinzenz schenkt ihr den grossen schwarzen Lavastein aus Filicudi, der immer in der Nische seines Sitzplatzes auf der Laube gestanden hatte. Mit Verwunderung trifft Nora ein paar Tage später Vinzenz im Dorf. Er teilt ihr jetzt den genauen Tag seines Abfluges nach Afrika mit. Beim Abschied hält Nora einen kurzen Moment inne. Werden wir uns wiedersehen? Die Frage hängt unbeantwortet über den Gebäuden des Bahnhofsplatzes. Die gewohnte Umarmung der beiden ist länger und inniger als sonst. So gehen sie ihre Wege.

Im Café, das zugleich ein Medienzentrum ist, erscheint online ein Bericht über das Dorfurgestein, das nach Afrika auswandert. Er mutiert zum Dorfurgestein; das er nicht ist. Seine Präsenz ist dermassen stark von der Ich-Bezogenheit geprägt, dass er gleich zum Einheimischen aufsteigt. Er lebt seit langer Zeit in der Gegend und ist nicht unbekannt, das stimmt. Letztlich bleibt er aber der Bergler, mit der Wand vor den Augen, dem Rundumblick versperrt, der er wirklich ist und woher er gekommen ist. Freudig erzählt Vinzenz der Reporterin im Interview von seinen Plänen und Absichten. Lediglich vier Koffer nimmt das Ehepaar mit. Die Möbel bleiben zurück. Ein alter Bus mit Hausrat und Material folgt in einigen Wochen per Schiff, ein weiterer PW mit Werkzeugen und allerlei Nützlichem ist bereits unten. Er wird einen landwirtschaftlichen Betrieb mit dem Anbau von Maniok, Mais, Zuckerrohr und Erdnüssen mit einer Schweinehaltung führen und damit in Form eines Entwicklungsprojektes Jugendlichen eine Perspektive bieten.

Seine Projekte legt er immer im grossen Stil an, so auch dieses Mal. An Ideen mangelt es ihm selten. Nebst der Landwirtschaft wollen sie einen Dorfladen betreiben, ein Restaurant eröffnen und einen Taxidienst errichten. Ein Mammutvorhaben für das winzige Budget und das doch bereits ältere Ehepaar. Vinzenz rechnet natürlich mit mannigfaltigen personellen Ressourcen der Dorfbevölkerung und sieht kein Problem darin. Die Motivation, etwas Sinnvolles zu tun, das mithelfen soll, den Menschen in Afrika eine Existenz zu sichern, ist seine treibende Kraft. Der Idealismus von Vinzenz kennt auch im Alter keine Grenzen. Der Schweinestall steht bereits. Anhand von Plänen, die das Ehepaar im Frühling gezeichnet und via WhatsApp nach Kamerun geschickt hatte, haben die Dorfbewohner einen Schweinestall gebaut. Mit dem nachgesandten Geld haben sie bereits sechs Schweine gekauft, die nun in der Erde von Afrika wühlen. In der Zusammenfassung seines bisherigen Lebens sagt er: „Mich nimmt immer alles „wunder"" und er äussert keine Bedenken, in seinem Alter noch Neues zu entdecken. „Ein Kreis schliesst sich", freut er sich. „Während meiner KV-Lehre bei Blaser Kaffee Ende der 1960er-Jahre habe ich jeweils Telexe nach Kamerun geschickt, um ein Kilogramm Kaffee ein paar Rappen herunterzumärten. Nun wandere ich dorthin aus."

Zufrieden schaut er von seiner Laube geradeaus zur Bergkette des Stockhorns, dann gleitet sein Blick weiter nach links und erkennt das Dreigestirn der berühmten Viertausender, die in der Abendsonne leuchten.

URWALDLEBEN

Ende November landet das Ehepaar in der Hauptstadt Yaoundé. Die feuchte Wärme, die ihnen, sobald sie aus der klimatisierten Ankunftshalle des Flughafens heraustreten, entgegenkommt, verschlägt Vinzenz fast den Atem. Sofort zieht er die Jacke und den warmen Winterpullover aus und krempelt die Ärmel hoch. Das laute und bunte Treiben in den Strassen gefällt ihm. Bei der Schwester von Valérie, die in der Nähe der Stadt lebt, verbringen sie die ersten Tage. Das einfache Abendessen im Garten schmeckt ihnen. Später telefoniert Vinzenz mit Nora und den Kindern, um die glückliche Ankunft mitzuteilen. Dass er die warme Tropennacht geniesst, ist über Tausende von Kilometern bis in die Schweiz spürbar. Erst in ein paar Tagen werden sie das Elternhaus von Valérie erreichen, das im afrikanischen Urwald mit ein paar andern Hütten eine kleine Dorfgemeinschaft bildet. Nora bittet ihn: „Sobald du dort bist, schicke mir Bilder, sodass ich mir dein neues Zuhause vorstellen kann."

Endlich, nach stundenlanger Fahrt mehrheitlich durch den Dschungel, erreichen sie das Dorf. Von den Bewohnern und Verwandten werden sie herzlich empfangen und willkommen geheissen. Vinzenz sitzt auf der Terrasse seines Hauses. Genauso hatte er sich das Leben damals in Belize mit seiner Farm vorgestellt. Er ist glücklich. Er ist angekommen und schaut in das unendliche Grün des Urwaldes ringsum. Nichts, ausser ein paar Stimmen, ist aus den wenigen Häusern zu vernehmen. Keine Zivilisationsgeräusche, nur der Wind in den Blättern und die Tierlaute aus dem Busch sind zu hören. In der abgelegenen Ortschaft gibt es in keinem Haus eine Stromzuleitung. Fliessendes Wasser wird aus der nahen Quelle geholt. Gekocht wird draussen über dem offenen Feuer. Die anspruchslosen und unkomplizierten Gewohnheiten gefallen Vinzenz. Er vermisst den früheren Komfort in der Schweiz in keiner Weise. Im Gegenteil, die Kocherei, die immer nach Sonnenuntergang anfängt, begeistert ihn. Als wenn ein Schalter gekippt würde, wird es schlagartig Nacht. Die Frauen tragen die Kochtöpfe mit den Speisen zum Feuer. Sie rühren, würzen, legen Holz nach, schwatzen und lachen. Die Männer sind weniger aktiv im Kochen, aber beim Palavern helfen sie munter mit. Das Zubereiten der Mahlzeit, das gemeinsame Essen sind ein grossartiges Miteinander des Zusammenlebens; dem er ebenfalls eine zentrale Wichtigkeit beigemessen hatte in all seinen früheren Projekten in der Schweiz.

Nach langem Warten erhält Nora endlich die ersten Fotos aus Afrika. Die Ähnlichkeit mit Belize ist unübersehbar. Beim nächsten Anruf aus Ebolowo, dem Bezirk, in dem Vinzenz nun lebt und wo er in den höchsten Tönen von seinem neuen Paradies schwärmt, stellt Nora fest: „Du bist wirklich zu Hause angekommen, es ist wie Belize, nicht wahr?" Nora fühlt sich viele Jahre zurückversetzt und sieht Vinzenz vor sich, wie er jetzt und damals zufrieden in die Zukunft blickt.

In Duala ist der Schiffscontainer angekommen. Sie holen ihre Waren und den Personenwagen, den sie verschickt hatten.

Valérie meint zu Vinzenz: „Nun kannst du nach Hause fahren!"

Da beim Unfall seinerzeit keine Polizei zugegen war, konnte er seinen Führerschein behalten. Der Schock sitzt zu tief, als dass er je wieder einen Wagen lenken würde. Seither ist er nie wieder gefahren und wird es auch hier in Afrika nicht tun. Vinzenz entgegnet: „Nein, werde ich nicht!"

Aber über seine Ängste spricht er nicht. Er wird nie wieder fahren, auch wenn es hier kaum Verkehr hat, da ist er sich sicher. Valéries Sohn lenkt nun den Wagen. Stundenlang fahren sie über holprige Wege mit riesigen Schlaglöchern die Strecke zurück.

Vinzenz beginnt auf der Hinterseite des Hauses das Land zu roden, um eine erste Anbaufläche für Mais und Maniok vorzubereiten. Bald steht Weihnachten vor der Tür. Er wird eine Tropenweihnacht ohne Schnee und Kälte erleben. Das erste Mal in seinem Leben, südliche Gefühle, eher Ferienstimmung als Alltag, so denkt er. Neugierig erwartet er das Lichterfest auf dem anderen Kontinent. Vinzenz hat sich im Dorf und in der Familie bestens eingelebt. Leider haben nicht alle Schweine überlebt. Die restlichen, immerhin noch zwei, sind gut genährt. Das wird ein feines Festmahl für die grosse Familie mit Kind und Kegel und genügend Essen bieten zumindest für den Weihnachtstag. Das jüngste Kind, der Enkel von Vinzenz, trägt seinen Nachnamen. Zum grossen Erstaunen seiner Familie in der Schweiz, die er voller Stolz informiert, dass er Grossvater geworden ist. Wie ist es möglich, einem Kind den Nachnamen zu geben? In der afrikanischen Sprache hört es sich offenbar nicht so seltsam an, dort herrschen andere Regeln vor.

Am Weihnachtstag telefoniert er mit seiner Familie, die zusammen im Ferienhaus weilen, und berichtet freudig von den Schweinen, die über dem Feuer rösten. Das Stimmengewirr im Hintergrund lässt die Feststimmung im weit entfernten Ort erahnen. Nora und die Kinder erinnern sich an die Sommerfeste hinten in der Grube auf der Waldlichtung. Ob gefülltes Lamm im Erdloch, Wildschwein am Spiess oder Gigot auf dem Grill, der entsprechende kulinarische Höhepunkt bestimmte die jeweiligen Feste.

In Ebolowo sind die Temperaturen derzeit hoch, während sie hier in den kalten Bergen einheizen müssen, um nicht zu frieren. Zum Jahreswechsel wollen Nora und Belisia Vinzenz „es guets Nöis!" wünschen. Sie erreichen ihn tagelang nicht und witzeln darüber, wie das Mobiltelefon vielleicht irgendwo im Urwald liegt und vor sich hin klingelt. Pedro ist früher abgereist, da er mit seinen Freunden Silvester feiert. Das Bangen um Vinzenz verschluckt der wieder begonnene Alltag, der die Tage ausfüllt. Aus Afrika kommt lange kein Zeichen. Nach langem Warten schickt Vinzenz endlich Mitte Januar Fotos von einem Flüsschen in der nahen Umgebung. Er steht mit seinen altbewährten Gummistiefeln im Wasser. Sein Körper ist abgemagert, sein Gesicht blass und gelblich. Er sieht ungesund aus. Etwas später ruft er Nora an, die sichtlich erleichtert ist und sich nach dem Grund seiner Abwesenheit erkundigt.

„Über die Neujahrstage war ich im Spital in Ebolowo."

Auf die Frage weshalb und warum erhält sie keine klare Antwort. Vinzenz schwafelt etwas von einem Kreislaufzusammenbruch. „Sie haben mir Infusionen gegeben und mich wieder entlassen."

Er interessiert sich nicht für seinen Körper und ist froh, wenn alles funktioniert. Medizinisches Wissen und die komplexen Zusammenhänge will er meistens gar nicht wissen und weist alles weit von sich.

Nora glaubt ihm nicht und spricht klar und deutlich: „Du gefällst mir nicht, du siehst krank aus, was hast du?"

Vinzenz entgegnet: „Ach was, das sind die Lichtverhältnisse!" Will er die Wahrheit verheimlichen? Sofort wechselt er das Thema und erzählt, wie sie in der Nähe des kleinen Flusses Zuckerrohr und Bananen angebaut haben.

Belisia schickt die zurückgebliebene Post wie abgemacht an die angegebene Adresse des Postfaches in Kamerun. Der Stapel kommt zurück mit der Begründung: nicht abgeholt. Beim nächsten Anruf teilt sie ihrem Vater die Rückweisung mit.

„Ach ja, wir waren nicht in der Stadt, bitte schicke es nochmals." Die vorwiegend amtlichen Briefe, an Valérie und Vinzenz adressiert, enthalten allesamt unbezahlte Rechnungen, vermutet Belisia, die keinen der Briefe öffnet. Mehrere Male schickt sie die ganze Sendung nochmals und wieder wird die grosse Beige Post zurückgeschickt. Nun reisst ihr Geduldsfaden; die Dokumente wandern allesamt ins Altpapier, gehen zulasten der Gläubiger und verschwinden im Dschungel der noch ausstehenden Schulden.

Vinzenz führt sein Leben, wie es ihm lange vorschwebte. Er kultiviert seine Pflanzungen, indem er, wie beabsichtigt, die Dorfbevölkerung einbeziehen will. Die Schwierigkeiten diesbezüglich erwähnt Vinzenz in einem Telefongespräch mit Nora. „Die Menschen hier sind eher träge, sie zu motivieren braucht einiges. Das Verhalten nervte mich im Anfang, nun habe ich mich damit abgefunden."

Nora staunt kurz über seine Gelassenheit, die sie zum ersten Mal hört. Erreicht er ein abgeklärtes Alter? Vinzenz feiert seinen 66. Geburtstag. Nicht wie früher mit seiner ehemaligen Familie. Hier mit seiner neuen Familie werden die bewegten Jahre in Stein gemeisselt. Das immerwährende Wachstum des Urwaldes webt die Ursprünglichkeit seines Alters ein in die Reise im Kosmos. Die Glückwünsche aus der Schweiz erfüllen ihn mit Freude. Nora ist erstaunt, wie oft Vinzenz sie anruft. Früher, als sie wenige Kilometer auseinanderwohnten, hörte sie manchmal Monate nichts von ihm. Vinzenz will mit der ihm vertrauten Stimme die Nähe zur grossen räumlichen Distanz verringern. Vielleicht hat er ein bisschen Heimweh? Nach seinen geliebten Bergen, auch wenn er sie in letzter Zeit nur noch aus der Distanz angeschaut hatte? Oder nach den Kindern, seinen Kumpel, dem gewohnten Leben in der Schweiz? Es sind alles Vermutungen, sie weiss es nicht und fragt nie danach.

Vinzenz fühlt sich zunehmend müde. Seine Energie scheint zu schwinden. Was ist nur los? Die vielen Pläne, die er hier noch verwirklichen will, sind erst zu einem kleinen Teil realisiert. Doch kapitulieren wird er nie, zurückzukehren ist ebenfalls keine Option, auch wenn das Leben mit Valérie vielfach schwierig ist. Sein Gesichtsverlust wäre zu beschämend für ihn. Er wird durchhalten bis zum Schluss; und schlimmstenfalls auch das Sterben in Kauf nehmen. Seine Kinder hat er ja informiert und deutlich gemacht, was in einem solchen Fall zu tun sei. Er will das Leben im Jetzt geniessen und nicht an die Zukunft denken.

Das Ehepaar hat den Alltag nie vorher zusammen bestritten. Früher in der Schweiz waren genügend Ausweichmöglichkeiten vorhanden; hier sind sie aufeinander angewiesen und in einem Ort angekettet, in dem Zerstreuungen jeglicher Art fremd sind. Die Vertraulichkeit, auf die Vinzenz hoffte, zeigt sich auch hier nicht restlos. Nur in wenigen Momenten spürt er einen kleinen Funken davon. Jetzt, mit den für ihn einfachen Umständen, in denen er sich wohlfühlt, ist es für Valérie viel schwieriger, den Weg zurück zu den primitiven Verhältnissen zu finden. Sie vermisst den Komfort und die früher immer präsenten Einkaufsmöglichkeiten. In der nahen Stadt findet sie zwar einiges, doch um dorthin zu gelangen, ist ein Chauffeur notwendig, der oft schwierig zu finden ist. Der Wagen ist da; weil sich Vinzenz aber strikt weigert, zu fahren, muss sie länger, als sie möchte, auf eine Gelegenheit warten.

Die Gespräche, die Vinzenz mit seinen Lieben führt, sind erfüllt von Wohlergehen, Zufriedenheit und positiven Nachrichten. Nie gibt es ein Anzeichen einer beginnenden Schwäche oder sonstigen Mühen. Vinzenz schiebt seine Kraftlosigkeit beiseite und trotzt ihr mit vermehrten Besuchen in der Stadt. Dort lädt er die ihm unterdessen bekannten Kumpel zu einem Bier ein und verbringt mit ihnen vergnügte Stunden. Er geniesst diese Ausflüge und die Diskussionen an den Bars oder in den Strassenkneipen. Seine Schlappheit verfliegt, und er fühlt sich munter wie in früheren Zeiten. Die Pläne für das Restaurant sind vorhanden. Nur verzögert sich mangels Geld der Aufbau. Seine Terrasse ist ein Vorläufer des Projektes. Die zahlreichen Dorfbewohner, die dort mit ihm ein Bier trinken, zum Unmut von Valérie, geniessen die Unbekümmertheit des weissen Mannes, der sich bei ihnen sichtlich wohlfühlt. An einem der nächsten Tage stellt ihn Valérie zur Rede: „Du lädst alle Menschen ein und feierst ausgelassen mit ihnen. Wir haben nicht so viel Geld, dass wir so grosszügig leben können."

Verärgert hält ihr Vinzenz entgegen: „Das ist mein Geld, ich habe mein Leben lang dafür gearbeitet. Nun lass ich mir von niemandem vorschreiben, wie ich es auszugeben habe." Solch ein Vorwurf hat ihm gerade noch gefehlt. Die Tage sind schwierig genug in der ungewohnten tropischen Schwüle, die ihm mehr zu schaffen macht, als er zugeben würde. Es ist für ihn absolut klar und keine Diskussion wert, dass er sich ohne Zweifel kleine oder grössere Freuden gönnen darf und vor allem will. Valéries Einwand, der das Gegenteil bezwecken sollte, stachelt ihn umso mehr an, seinem Vergnügen zu frönen und nicht an morgen zu denken.

Am Karfreitag ruft Vinzenz Nora an. Sie verbringt die Ostertage mit ihren Kindern im Wallis im Ferienhaus.

„Ich wünsche dir schöne Ostern." Er tönt sehr aufgestellt. Nach einigen Sätzen sagt Vinzenz: „Ich gehe nun ins Restaurant. Valérie bereitet dort schon vor."

Nora ist sehr erstaunt, dass dieser Betrieb in so kurzer Zeit bereits läuft. Sie fragt nach.

„Doch, doch, wir haben Gäste heute Abend."

Vinzenz, den die Neuigkeiten von seiner Familie immer brennend interessieren, erkundigt sich gleich darauf nach den Jungen. Nora gibt das Mobiltelefon an Pedro weiter, der mit ihr auf dem Balkon in der wärmenden Sonne sitzt. Belisia ist mit ihrem Partner auf einer Wanderung.

Der Frühling ist da, auf der Alp oben sind auf den aperen Stellen die ersten Krokusse erblüht. Das neue Wachstum im wiederkehrenden Rhythmus des Jahreslaufes spriesst aus jedem geschützten Plätzchen der erwachenden Erde. La Luna geht durch die Gezeiten und ihr Licht glänzt und funkelt in den Schieferdächern der Häuser. Der Mondschein streift fast zeitgleich über die Urwaldhütten auf dem afrikanischen Erdteil. Die Stille und Ruhe der Nacht verschluckt die Sorgen der Menschen wie die Schlange, die die Beute ganz herunterwürgt. In der sanften Helle scheint die Welt friedlicher, als sie wirklich ist. Es riecht nach feuchter Erde.

DAS LETZTE GEHEIMNIS

Nach dem Abendessen legt sich Vinzenz ins Bett. Er fällt gleich in einen tiefen Schlaf. Er spürt nicht, wie sein Körper glüht. Er hat Fieber. Valérie ist beunruhigt und verzweifelt. In den vergangenen Tagen probierte sie, ihn noch und noch erfolglos von einem Spitaleintritt zu überzeugen. Er will nicht und bleibt stur. In ihrer Niedergeschlagenheit ruft sie Belisia an und hofft, Vinzenz würde wenigstens auf seine Tochter hören. Doch kann auch sie nichts ausrichten, da der Vater gar nicht antwortet. Sie hört ihn nur schwer atmen und ahnt Böses. Ihre Worte entschwinden ins Nichts.

Es ist ein üblicher Freitagvormittag wie viele andere zuvor. Nora sitzt wie gewöhnlich an ihrer Bar und trinkt ihren Morgentee. Pedro ruft an. Sie schaut auf die Uhr; etwas stimmt nicht, normalerweise ist er um diese Zeit an der Arbeit. Beim Abheben des Hörers aus der Ladestation verrät schon seine Stimme Ungutes. Unter Schluchzen bringt er mühsam die Worte hervor: „Vinzenz ist letzte Nacht gestorben."

Erst eine Woche nach dem lebhaften und fröhlichen Gespräch mit ihm, das in keinerlei Hinsicht auf so etwas hindeutete. Das kann doch nicht wahr sein! Nora ist sprachlos. Die Fragen warum, wieso und weshalb kann Pedro nicht beantworten. Valérie hatte ihn gestern Abend angerufen und ihm die traurige Nachricht mitgeteilt. Nach dem ersten Schock sagt Nora: „Irgendwie erstaunt es mich doch nicht. Er hat so krank ausgesehen."

Pedro bedauert den Tod seines Vaters sehr. Gerne hätte er ihn in den nächsten Jahren mal besucht. Dazu ist es nun zu spät, der Vater lebte ja erst seit einigen Monaten in seiner Wahlheimat Kamerun und hätte sich vielleicht einen längeren Aufenthalt gewünscht. Erst kürzlich noch, bei einem der letzten Gespräche, hat er Nora stolz mitgeteilt: „In einem Monat erhalte ich die definitive Niederlassungsbewilligung und bin dann offiziell Bürger von Kamerun und erhalte den kamerunischen Pass."

Belisia, die kurze Zeit später ebenfalls anruft, meint gefasster als der Sohn, aber nicht weniger berührt: „Es kommt mir alles sehr absurd und surreal vor. Das letzte Zeichen, das ich von ihm erhielt, waren die Aufnahmen eines Begräbnisses im Busch."

Nora kennt das Bild. Der ältere weisse dünne und knochige Mann mit seinem Rossschwanz, dem langen bunten Hemd und den darunter getragenen Jeans, inmitten von Einheimischen, blickt fragend und traurig in die Ferne. Ja, seltsam auch Nora hat seither keine anderen Bilder mehr von ihm erhalten. Erst jetzt, als Belisia darauf hinweist, bemerkt auch sie die Widersinnigkeit der Situation. Ihre Tochter distanzierte sich früh, bereits in den Jugendjahren, von ihrem intoleranten Vater, mit dem sie oft verkracht war, darauf hat sie ihn ein paar Jahre bewusst gemieden. Hat sie sich schon damals emotional verabschiedet und kann deshalb seinen Tod besser annehmen? Oder war sie als Einzige der Familie auf den nahenden Tod vorbereitet, da sie seine allerletzten Lebenszüge bewusst wahrgenommen hatte? Zu den näheren Umständen weiss sie auch nicht viel mehr, ausser dass Valérie erwähnte, Vinzenz habe etwas

Schlechtes getrunken. Diese Aussage klärt nichts, eher wirft sie neue Fragen auf. Ist er vergiftet worden?

Den Abend verbringt Nora mit ihrer Schwester und ihrem Schwager, die Vinzenz sehr gut kannten, als er noch mit ihr zusammengelebt hatte. Sie braucht unbedingt Anteilnahme; allein zu sein, das hält sie jetzt nicht aus. Auch wenn Vinzenz in ihrem alltäglichen Leben in den letzten Jahren eine viel kleinere Rolle gespielt hat, muss sie die Hiobsbotschaft erst mal verdauen. Nora erschrickt, als sie die geposteten Fotos von Vinzenz auf Facebook sieht, die ihr der Schwager zeigt und die sie gemeinsam anschauen. Das Bild, vor ein paar Tagen erstellt, zeigt einen vom Tod gezeichneten Mann. Ein anderes mit seinem Namensvetter, dem Enkel, auf dem Schoss. Heranwachsendes und sterbendes Leben vereint in einer Momentaufnahme mit dem unendlichen Grün der Pflanzenwelt im Hintergrund. Nora findet Trost im Verständnis der ihr Nahestehenden.

Kurz nach seiner Abreise spürte Nora oft einen Stich im Herzen, wenn sie an den Plätzen, wo sie sich begegnet waren, vorbeikommt. Nie mehr wird es so sein. Jetzt ist sein Leben im fernen Afrika, wo er so glücklich schien und seine Ideen verwirklichen konnte, plötzlich fertig, ausgehaucht, verstummt für immer. Die Endgültigkeit und die empfundene Vergänglichkeit in den vergangenen Tagen verstärken nun den schmerzlichen Verlust. Draussen fällt Regen, drinnen fliessen die Tränen über das Gesicht der Frau, die am Schreibtisch sitzt und ihre Gedanken aufschreibt. Bei einem nächsten Telefonat mit Pedro meint er: „Es ist wie ein böser Traum und fühlt sich an, als hätte ein 300 Kilogramm schwerer Stein mein Herz und Innerstes getroffen."

Mit den grossen Unklarheiten wachsen die Möglichkeiten einer Todesursache ins Unermessliche. Was braut sich da zusammen? Ein Krimi? Erst nach Tagen erreicht Nora endlich Valérie. Sie wurde vom Tod ihres Ehemannes komplett überrumpelt und hatte so etwas nicht erwartet. Das Schluchzen der beiden hinterbliebenen Frauen, eine in Europa, die andere in Afrika, tönt über Tausende von Kilometern durch den Äther. Warum genau er gestorben ist, weiss auch sie noch nicht. Nora ist überrascht, dass sie keine klare Aussage zur Todesursache machen kann. Morgen erst wird sie ins Spital fahren, wo er gestorben ist, und den endgültigen Bericht erhalten. Sie hatte eine Diagnose, eine Erklärung erwartet und muss ihre Geduld erneut auf die Probe stellen.

Seit dem Tod von Vinzenz sind bereits einige Tage vergangen. Zeit scheint in Afrika eine andere Bedeutung zu haben als in Europa, stellt Nora ernüchtert fest. Die Aussage Valéries „Er führte mich hierher zurück und hat mich verlassen, ohne auch nur ein Wort zu sagen" bewegt Nora, die ihren egoistischen Mann kennt. Valérie erzählt, wie er öfters, wenn sie abends zufrieden in ihren Betten lagen und sie meinte „Wir haben es gut hier!", erwiderte: „Es ist der Tod, der uns trennen wird, Chérie." Hatte er etwas geahnt? Nora hat das Rätseln um das plötzliche, für sie mysteriöse Sterben satt. Nach langer Unklarheit will sie nun wissen, weshalb Vinzenz gestorben ist. Ungeduldig erwartet sie am nächsten Tag das Gespräch mit Valérie. Endlich kommt der Anruf. „Er ist an Malaria gestorben, weil er die Medikamente nicht nehmen wollte." Nora gibt sich nicht zufrieden und will genauere Auskunft. Valérie schildert den täglichen

Kampf der Tabletteneinnahme, die er immer verweigerte. Auf die nachfolgende Frage nach seinem ersten Spitalaufenthalt über die Neujahrstage stellt sich heraus, dass er bereits damals Malaria hatte. Also doch nicht besonders schlechte Lichtverhältnisse, wie er damals ausweichend und beschwichtigend erklärt hatte. Unmittelbar kommt ihr ein Gespräch mit einem langjährigen Freund von Vinzenz in den Sinn, bei dem sie dabei gewesen war. Auf die Frage des Freundes nach der Malariaprophylaxe meinte Vinzenz: „Diese Region ist kein Malariagebiet", obschon in Wahrheit dieser Teil Kameruns ein hohes Malariavorkommen hat. Nora mischte sich nicht ein in das nachfolgende Streitgespräch der beiden Männer; verabschiedete sich bald und stellte ein weiteres Mal fest, wie absolut Vinzenz die Augen vor realen Tatsachen verschliesst. Von den Schattenseiten und beschwerlichem Zusammenleben hört Nora zum ersten Mal. Die wahren Begebenheiten kommen nun zutage. Erst jetzt erfährt sie die wirklichen Umstände. Vinzenz erwähnte nur die sonnigen Seiten, die ihm nennenswert schienen. Der Müll wird unter den Teppich gewischt, wie er es in seinem Elternhaus lernte, und nur die schönen Dinge werden präsentiert. Selbst angesichts seines Todes ärgert Nora sich über seine Sturheit, nichts anzunehmen, alles besser zu wissen und die eingebildete Überschätzung.

Sein Egoismus, der im Zentrum seines Lebens stand, wurde erst vom Tod gebrochen. Der Mann, der den berühmten in jahrtausendealten Gesteinsformationen mächtig gewordenen Berg vor Augen gross wurde, glaubte vielleicht, er könne ohne Medikamente diese Krankheit mit seinen Gedanken und seinem Willen bezwingen. Die grenzenlose Überheblichkeit des Menschen in Noras Leben, der ihr am unverständlichsten blieb, bleibt als Tatsache im unüberwindbaren Gegensatz des einstigen Ehepaares bestehen. Selbst im Sterben geht Vinzenz seinen Weg. Ist es Ehrlichkeit, purer Egoismus oder Dummheit? War sein Innerstes so vereist und versteinert wie der Berg? Ein einsamer Mensch, gespalten von Idee und Vorstellung im Geist und der knallharten Realität, dass auch sein Körper nicht stahlhart und verletzlich ist. Das absurde Versprechen an seinen geliebten Pedrolino, 99 Jahre alt zu werden, hat sich zerschlagen. Das Schicksal hat den Alleskönner überlistet und ihm ein Bein gestellt.

Als Nora mit ihren Kindern über die Todesursache spricht, finden beide: „Er ist ein Dummkopf, hat es aber vielleicht so gewollt? Hätte er die Medikamente genommen, wäre er noch am Leben." Nach Klärung einiger der unzähligen Fragen bildet sich langsam ein Bild, das Konturen und Formen annimmt. Etliches bleibt weiterhin als Fragezeichen hängen. Hat er bewusst die Medikamente nicht genommen? War er einsam? Fehlten ihm die Kinder? War das ganze Vorhaben in unbekannten Gefilden letztlich doch schwieriger, als er sich das immer vorgestellt hatte? Hatte er genug von den Strapazen seines Lebens, das ihn unaufhörlich herausforderte? War es ein einfacher Ausweg aus einer Sackgasse, in die er sich auch hier verrannt hatte? Bei einem der nächsten telefonischen Kontakte mit Valérie will Nora wissen, wie weit es mit dem Restaurant steht. „Erst die Grundmauern stehen; zuerst fehlte das Geld und nötige Material, dann hat die Zeit gar nicht gereicht, um weiterzufahren."

„Also eine weitere Illusion, die Vinzenz sich und seinem Umfeld vortäuschte", denkt Nora, macht aber keine Bemerkung zu Valérie. Am folgenden Samstag treffen sich Nora und die Kinder, um die weiteren Schritte zu besprechen. Die Mitteilung bei der Ausreise an seine Kinder, dass er im Todesfall in Afrika begraben sein wolle, erleichtert vieles. Nora wusste bis anhin nichts davon. Belisia ist empört über den Artikel auf dem Onlineportal des Medienzentrums: „Wohlibühl trauert um sein Dorforiginal", auf den sie zufällig bei ihrer Recherche nach Vinzenz' Familienangehörigen gestossen ist.

„Es ist eine Frechheit, dass wir nicht kontaktiert wurden. Ich werde mich bei der Person, die das geschrieben hat, beschweren."

Sie fühlt sich ausgeschlossen und meint, als direkte Angehörige müsste sie als Erstes über einen Artikel ihres Vaters informiert werden. Doch an erster Stelle steht seine neue Ehefrau. Valérie ist keine Unbekannte im Café und hat die Leute dort über den Tod ihres Ehemannes informiert. Die Betroffenheit in seiner ehemaligen „Wohnstube" ist gross. Es passt zu Vinzenz. In der Öffentlichkeit wird er als Original wahrgenommen, das mit seinen fantastischen Höhenflügen und seinem Geltungsdrang die Zuhörerschaft zu begeistern vermochte. Die Leute sahen in ihm einen sozialen, grandiosen und mutigen Mann. Im privaten Zusammenleben jedoch war er durch seine starrsinnige und unverrückbare Haltung fähig, seine Mitmenschen zur Weissglut zu treiben. Belisia, die einige Tage später mit der Journalistin spricht, merkt deren Unverständnis. Das klärende Gespräch, das die Tochter wollte, endet mit dem Satz: „In dem Fall ist das journalistische Interesse dem Privaten vorgegangen."

Obschon der Bruch mit seinen Geschwistern bekannt ist, finden alle drei einstimmig, sie müssten zumindest über den Tod ihres Bruders informiert werden. Nora schreibt eine kurze Zusammenfassung und schickt den Brief an die Adresse der ältesten Schwester, die einzige Anschrift, die sie kennt. Unterdessen plant Valérie eine grosse Abschiedszeremonie für das Begräbnis von Vinzenz. Das Bedürfnis nach einer Abschiedsfeier hat auch seine Familie in der Schweiz. Am Samstagabend stehen Datum, Ort und Form in groben Zügen fest. Die Einladungen in Form einer Todesanzeige verschicken sie an zahlreiche Freunde und Bekannte. Aus Kamerun ist bislang keine klare Ankündigung der bevorstehenden Trauerfeier bekannt. Es dauert, derweil der Leichnam im Kühlraum des Spitals auf sein endgültiges Ende wartet. Etwas später fragt die jüngste Schwester nach der Todesursache ihres Bruders. Sie wusste nichts von seiner erneuten Heirat und der Auswanderung. Eines andern Tages ruft Albert, ein immer schon sehr gesprächiger Mensch, an und erzählt Nora während eines zweistündigen Telefongespräches sein ganzes Leben. Viele unbekannte Einzelheiten über Vinzenz offenbaren sich. Albert hatte immer Kontakt und wusste um seine Auswanderung, entgegen den einstigen Reden von Vinzenz. Alles ist sehr neu für Nora, die, wenn sie sich nach einem Familienmitglied erkundigt hatte, stets dieselbe Antwort erhielt: „Ich habe mit allen abgebrochen."

Die Schilderungen Alberts hallen nach in zwei heissen Ohren und einem vollen Kopf. Die restlichen drei Geschwister reagieren nicht und hinterlassen in der Leere das Gift einer zerbrochenen Familie. Für sie ist Vinzenz lange vor seinem richtigen Tod gestorben.

Nora trifft im Dorf einen bekannten Musiker, der in der Schattenbeiz spielte und Vinzenz gut kannte. Er will die genauen Umstände von dessen Tod wissen. Offenbar kursiert ein Gerücht von den Leuten aus dem „Recy", Vinzenz sei erschossen worden. Ist es Fantasie oder Sensationslust der Menschen, die solches Gerede weiterverbreiten?

Nach mehreren Wochen der Vorbereitung wird der Zeitpunkt der Abdankung in Afrika endlich konkret. Valérie schickt ein erstes Bild als Zeichen der bevorstehenden Feier, das eine kleine Vorahnung enthält. Ein weisser, mit Goldbeschlägen bestückter Sarg, mit der weissen Innenausstattung aus Seide, steht inmitten von einem Traktor, einem Bulldozer, einem Bagger und anderen Gerätschaften; die darüber gespannte Wäscheleine mit Kleidern verleiht dem Ganzen eine fremde Note. Krasser könnten die Gegensätze nicht sein. Das prunkvolle und königliche Stück wirkt in den Alltagsgegenständen, die einen eher armseligen und ländlichen Eindruck vermitteln, wie ein luxuriöses Zeichen aus einer anderen Welt. Die erschütternden Bilder der Einsargung am Tag vor dem pompösen Begräbnis versetzen Nora erneut in Trauer. In dem ehemaligen Hochzeitsanzug, dem weissen Hemd und der roten Krawatte versinkt der ausgezehrte Körper gänzlich; Vinzenz besteht nur noch aus Haut und Knochen. Er liegt mit gefalteten in weissen Handschuhen steckenden Händen im weissen Sarg. Später fragt Nora nach der Bedeutung der Handschuhe.

„Alles muss weiss sein, die Unterwäsche, das Hemd, die Socken. Das Weiss symbolisiert die Reinheit des Verstorbenen", erklärt Valérie.

Der Trauerzug der drei Autos, die vom Spital durch den Dschungel mit dem weissen Sarg in die Siedlung fahren, ist eine groteske Szene. Im Dorf steht das weisse Zelt bereit, wo der Sarg in erhöhter Position gut sichtbar hingestellt wird. Das grosse Porträt von Vinzenz aus besseren Zeiten, der zum Herz geformte Kranz mit den weissen Rosen und die Schweizer Fahne runden das Ganze ab. Falls Vinzenz es sich hätte wünschen können, hätte er sicher die Fahne von Kamerun gewählt. Den Sarg mit der Nationalfahne des Landes, dem Vinzenz den Rücken gekehrt hat, zu schmücken, wirkt wie ein Hohn. Er, der den Staat immer anprangerte und nie einen guten Faden darin fand, wird nun mit der Symbolik seiner verehrten Heimat verabschiedet, der er in Wirklichkeit mehr Verweigerung denn Zustimmung entgegenbrachte. Valérie schickte Bilder davon, wie das Grab, das neben dem Haus vor Tagen ausgehoben und betoniert wurde. Zum grossen Erstaunen von Nora, die Valérie nach dem Grund fragt. Sie antwortet: „Damit sein Körper nicht so schnell verwesen kann."

Merkwürdige Idee; der Leichnam wurde ja nicht wie früher einbalsamiert, also beginnt der natürliche Prozess der Fäulnis. Eher wahrscheinlich ist die berechtigte Angst, dass Grabräuber das Gold stehlen könnten, ist Noras Gedanke, behält ihn aber für sich. Die prunkvolle Zeremonie und die letzte Versenkung in der Gruft gleichen einem Staatsbegräbnis, das überhaupt nicht zu Vinzenz passt. Ist er in so kurzer Zeit zum Dorfkönig avanciert? Will Valérie ihn so sehen? Zeigt sie damit ihrer Sippe den gesellschaftlichen Aufstieg durch die Heirat mit einem vermeintlich reichen Schweizer? Die besagte Abschiedsfeier, an der Vinzenz vor Kurzem teilgenommen hatte, und dass er später alle Details eines Begräbnisses hatte wissen wollen, wie Valérie während eines Telefonats erwähnte, die sie ihm schliesslich alle beantwortete, hatte in demselben Dorf stattgefunden und war wesentlich weniger mit übertriebenem Aufwand und Pomp vollgestopft gewesen.

Der Körper von Vinzenz ruht im Sarkophag in Afrika, einbruchsicher vor Dieben geschützt, während im Dorf der fernen einstigen Heimat andere Räubergeschichten erfunden werden. Mehrmals bittet Valérie Nora inständig, dass sie die Bilder des Begräbnisses dem „Chef de la Commune", dem Gemeindepräsidenten, zeigen solle.

Vinzenz kannte ihn persönlich, was Nora weiss, denn er hatte ihr einige Male von ihm erzählt.

„Il nous aimé beaucoup!", ist Valéries Aussage dazu.

Für Nora ist nicht ganz nachvollziehbar, was sie damit bezweckt. Ist er in ihrer Welt auch ein Dorfkönig, der sie vielleicht mit ein paar Franken, die ihr nun fehlen werden, da sie keine AHV-Rente mehr erhalten wird, unterstützen könnte? Nora weiss, wer der Gemeindepräsident ihres Wohnortes ist, kennt ihn aber nicht persönlich. Endlich nimmt sie einen Anlauf und schreibt einen Brief mit ihrem Anliegen. Sofort meldet er sich und sie vereinbaren ein Datum.

Sie treffen sich in der Gemeindeverwaltung und gehen ins nahe gelegene Café auf dem Dorfplatz. Nora zeigt ihm am Laptop die Bilder. Er ist erstaunt und erschüttert über den kostspieligen Prunk und meint, mit all dem Geld hätte sie einige Monate leben können. Er erzählt, wie er Vinzenz kennenlernte. Vinzenz wollte ihn und seine Frau einmal zu einem kamerunischen Essen einladen. Es kam aber dann nicht zustande. Nun erzählt der Gemeindepräsident, wie er ein dickes Kuvert an ihn persönlich adressiert, das im Briefkasten der Gemeindeverwaltung lag, von Vinzenz bei seiner Ausreise erhalten hat. Mit kurzen Worten stand auf einer beigefügten Karte geschrieben: „Leider hat mir die Zeit nicht gereicht, alles selbst zu erledigen. Vielen Dank!" Sämtliche Formalitäten der Abmeldung, inklusive AHV, habe er an ihn delegiert.

„Das Vorgehen hat mich sehr überrumpelt und in hohem Masse verblüfft."

Die Schilderung über ihren Ex-Mann setzt Nora in grosses Erstaunen und verschlägt ihr die Sprache; einen kurzen Moment vergisst sie sogar, den Mund zu schliessen. Welche Unverfrorenheit, Frechheit und Anmassung von Vinzenz. Jahrelang plante er seine Auswanderung und war nicht fähig, oder nicht gewillt, die Formalitäten selbst zu erledigen. „Wie so oft in seinem Leben hat er den anderen seine Arbeit überlassen", denkt sie.

„Aus christlicher Nächstenliebe habe ich dann alles für ihn in Ordnung gebracht", schliesst er die unwahrscheinliche, aber wahre Geschichte. Kopfschüttelnd, lachend und übereinstimmend finden beide: „Das ist typisch Vinzenz!"

Die Sonne geht hinter dem Hügel unter. Ein Feuerwerk glänzt und glitzert durch die Bäume und über die Wiesen. Bald breitet sich Dämmerung über das Dorf.

Die funkelnden Facetten im Leben von Vinzenz sind erloschen. Der honiggelbe Vollmond leuchtet am Nachthimmel. Die Abschiedsfeier in der Schweiz steht bevor. Am Vorabend findet auf dem Dorfplatz ein Konzert statt. Nora und Pedro gehen hin und treffen viele Bekannte. Paul ist ebenfalls dort. Im Gespräch mit andern kommen sie auf den Lehrermangel zu sprechen. Beim Ausspruch von Paul: „Vinzenz hätte dies auch tun können, da er eine Matura hatte", lachen Pedro und Nora laut heraus und berichtigen: „Das war Wunschdenken von ihm und in Wahrheit waren die Voraussetzungen nicht vorhanden."

Mit enttäuschter Miene steht Paul da, er glaubte Vinzenz und merkt erst jetzt, dass es Prahlerei und Lügen waren.

Der Mittelpunkt der Abschiedsfeier ist ein Feuer, das Nora und die Kinder gemeinsam vorbereiten. Sie schmücken es mit zahlreichen Fotos aus dem Leben von Vinzenz auf der Waldlichtung. Ein Kranz aus Efeu, Mohn, Margeriten, Kornblumen, Johanniskraut, Gerste, Urdinkel, Mädesüss, Skabiosen und Schafgarben umrundet die Holzscheite. Die Apfel- und Kirschbaumrinde, die Nora von den Bäumen des ehemaligen Hofes holte, umrahmen zwei grosse Bilder aus vergangener Zeit. Vinzenz beim Kirschen ablesen auf der Leiter und am Marktstand mit Nora, die Belisia auf dem Arm hält. Als Letztes verstreuen sie haufenweise dürre Rosenblätter, die Nora in den letzten Jahren sammelte. Für welchen Zweck wusste sie nie. Automatisch griffen ihre Finger die verwelkten roten, gelben, weissen und rosa Blütenblätter der Rosenstöcke, die überall herumlagen, auf und legten sie in eine Schale und später in Büchsen und Gläser. Die Schönheit der blühenden Pracht, wie das langsame Vertrocknen zeigen sich im Prozess des Wandels. Alle sind sie gekommen, um Abschied zu nehmen von Vinzenz. Stefan fährt mit seinem Oldtimer vor und erntet viel Beachtung für sein schönes Gefährt. Ein Motorradfahrer parkt sein Fahrzeug. Wer könnte das sein? Erst als Nora vor dem fremden Mann steht und er Helm und Brille auszieht, erkennt sie Johann, den einstigen Trauzeugen. Erfreut begrüsst sie ihn. Familienmitglieder, Freunde, Bekannte und die Kumpel aus dem Dorf finden sich nach und nach beim vereinbarten Lokal unweit des Dorfes am Waldrand mit Sicht auf die Alpen ein. Die Gluthitze am Tag der Feier lässt die Gäste das Klima in Afrika erahnen. Auf den alten Fotos erkennt sich der eine oder die andere. Die vielen Bekannten, die sich jahrelang nicht gesehen haben, stecken alle bald in lebhaften Gesprächen und tauschen Erinnerungen aus. Die gute Stimmung, die wie früher sich überall ausbreitet, hätte Vinzenz gefallen. Vor dem Anzünden des Feuers versammeln sich die zahlreichen Leute, und Paul erzählt ein paar Anekdoten aus der Zeit mit Vinzenz im Spycher. Ein anderer Freund von Vinzenz erwähnt die Konzerte im Sommerbistro und die Eigenart von Vinzenz, das Essen ständig drei Stunden später als angekündet auf den Tisch zu bringen. Das Essen musste hart und geduldig erwartet werden. Lautes Gelächter aus der Runde, alle haben die gleiche Erfahrung gemacht. Nora, Belisia und Pedro zünden das Feuer an. Die Flammen züngeln am Holz, den Fotos, den Blumen und Pflanzen. Bald brennt es lichterloh. Franz giesst einen Teil der mitgebrachten

„Four Roses Whisky"-Flasche darüber, in Erinnerung an die gemeinsamen Jugendjahre. Ein Paket Marlboro, Zigaretten, die Freiheit und Abenteuer versprechen, hat er vorher in einer Nische platziert, auch dies eine Hommage an Vinzenz.

Das Zusammentreffen der Menschen, die Vinzenz ein Stück in seinem Leben begleiteten, entspricht ihm mehr als der königliche Abschied in Afrika. Die klein gewordene Gruppe, die schliesslich noch zusammensitzt, isst gemeinsam, was im vorherigen Trubel unterging, lacht pausenlos, da immer wieder jemand einen treffenden Spruch bereithält, und schwatzt. Sie geniessen den angenehmen Sommerabend. Spätabends klingt das Fest aus.

Wegen der vielen unbezahlten Schulden, angefangen bei den Alimenten, die Nora bei der Gemeinde beantragte, da Vinzenz selten zahlte, über Steuerschulden und sicherlich weiteren ausstehenden Beträgen, die Vinzenz hinterlassen hat, wollen Belisia und Pedro eine solche finanzielle Belastung nicht annehmen. Sie füllen das erforderliche Formular aus und verzichten auf ein Erbe. Die Frau in der Gemeindeverwaltung des Heimatdorfes von Vinzenz ist massiv überfordert mit dem Erbverzicht. Belisia, die mit ihr telefoniert, muss ihr erst einmal erklären, wo auf dieser Welt Kamerun liegt. Das korrekt ausgefüllte Formular gibt keinen Grund zur Beanstandung. Viel eher ist es die schwierige Beschaffung der Todesurkunde aus Afrika. Es scheint, als ob es der erste solche Fall wäre in diesem Bergdorf, das sich zwar mit internationaler Bekanntheit rühmt, aber vielleicht doch hinter den Bergen liegt? Noch ein paar Mal ruft die Frau an und hat weitere Fragen, die Belisia alle nicht beantworten kann. Sie als Fachperson sollte Bescheid wissen. In welcher Welt lebt sie? Nachdem Rolf die bei ihm deponierten Bananenkisten von Vinzenz zu Pedro gebracht hat, stellt dieser ernüchtert fest: „Das ganze Erbe meines Vaters sind vier Kisten mit Ordner und einer mit Fotos, während andere ein Haus, ein Auto, Geld oder andere Dinge erhalten."

Im Grunde genommen ist er enttäuscht von seinem Vater, und das nicht erst mit seinem Tod. Der bewunderte Vater, wie er ihn als Knabe sah, hat bereits während der Zeit, die er als junger Mann mit ihm verbrachte, an Verehrung eingebüsst und den Glanz vergangener Zeit verloren. Trotzdem lacht er mit seiner Mutter über die kärgliche Hinterlassenschaft. Die Ordner mit von Mäusen angefressenen Rechnungen, dem vielen Kot in den Sichtmappen, jahrzehntealten Spinnfäden, die an der Halterung und den Innen- wie Aussenseiten kleben, reinigt Nora zuerst ausgiebig, bevor sie das grosse Interesse an den unbekannten Details des Lebens ihres Ex-Mannes enthüllt.

Sie schaut die vergilbten Dokumente durch, dank derer Vinzenz' Geschichte aufgearbeitet werden kann. Viele unbekannte Einzelheiten offenbaren sich in den zurückgelassenen Kartonschachteln, die von einer vergangenen Zeit erzählen. Sein Innerstes blieb zeitlebens hinter einer dicken schützenden Wand verborgen; verschlossen, ohne je einem Menschen zu erlauben, dahinter zu blicken. Seine Vergangenheit versinkt in der Erde Afrikas. Die offenen Fragen lösen sich in ihre Teile auf und zerfallen im Grab, wie das vermeintliche Glück, das er gefunden und wieder verloren hat. Ein Leben lang suchte er danach, das nun verdampft wie Regenwasser auf dem Asphalt nach einem Sommergewitter, in das die Sonne scheint.

Nora fährt zum Wald nahe der Lichtung. Von Zeit zu Zeit geht sie die alten Pfade und Wege, die sich nur in den Jahreszeiten verändern. Beim Strassenschild „Sackgasse" parkiert sie den Wagen und spaziert zum ehemaligen Zuhause. Brombeeren wuchern ums Haus; überall, wohin sie guckt, sieht sie, ungeachtet von Mauerwerk oder anderen Hindernissen, wie die Triebe und Ableger ihre Wurzeln frei wählen und sich bei jeder günstigen Gelegenheit festsetzen und verwurzeln. Der Hof steht seit dem Auszug von Vinzenz vor zehn Jahren leer. Das Paar, das damals das Haus erstand, trennte sich kurze Zeit danach. Ihre grossen persönlichen Schwierigkeiten verunmöglichten ihnen ein Zusammenleben. Sie lebten nie auf dem Grundstück. Die zehnjährige Periode Vinzenz' in seiner aufstrebenden Zeit mit dem eigenständigen Betrieb und die ebenfalls zehnjährige Zeitspanne des neuen Lebensentwurfes setzen mit dem Tod das Ende eines ereignisreichen Lebens. Während seines ganzen Lebens war das bevorzugte Motto und sinniger Leitspruch: „Zufall ist das Fällige." Hat dieser Satz ihm per Zufall aus dem Spiegel zurückgeblinzelt und gerufen: „Deine Zeit ist da?" Hat er ihm Tür und Tor geöffnet und das Ausscheiden aus der Welt möglich gemacht?

Nicht nur der Kellereingang ist umrankt von zahlreichen vorantreibenden Brombeersprossen; vom einstigen Garten und dem Vorplatz, der jeden Frühling in einer Gemeinschaftsaktion gejätet wurde, ist nichts mehr, auch nicht die geringste Spur ersichtlich. Die wild wachsende Natur hat den Platz erobert. Selbst der Weg zum Haus ist zugewachsen. Das verwitterte Hühnerhaus steht im ehemaligen Hühnerhof, der als solcher gar nicht mehr erkennbar ist. Brombeeren, Brennnesseln und anderes Unkraut haben den Zaun und das Gelände überwachsen. Die Himbeerreihen gibt es längst nicht mehr. Die windschiefen ungepflegten Obstbäume zeichnen ein bizarres Bild am Abendhimmel. Die grossen alten Kirschbäume sind umgestürzt oder zum Teil verfault. Der Hof in der Sackgasse zerfällt langsam, aber stetig. Die üppig wachsende Natur erobert schnell den Weg über die Hauswand, entlang der Kellertreppe und dem Dach, und umschlingt alles, was ihr in den Weg kommt. Die Natur legt den Mantel des Vergessens über die einst florierende Waldlichtung und ihre Menschen mit ihren Geschichten. Die autonome Republik hat nie existiert und ist unwiderruflich der Versenkung geweiht und reiht sich ein in eine weitere Legende. Durch die von Spinnfäden verschleierten Fenster sind ein Sofa, ein Buffet, ein Tisch und Stühle sichtbar. Sie zeugen von vergangenem Leben, das den Platz verzaubert, und die Ranken verbergen sein Geheimnis. Manchmal flackerten Glückssträhnen über Vinzenz' Weg, wie die Glühwürmchen, die aus dem dunklen Gebüsch in den Juninächten ihr flirrendes Licht ins Universum schicken. Die Vergänglichkeit im Wandel der Zeit legt die Hülle des Trostes um Vergangenes und die versöhnliche Geste aus dem Weltraum spiegelt sich in Millionen von Sternen in der Milchstrasse wider. Das durch den Nebel langsam zu erkennende Sonnenlicht, das hinter dem Dach des Hauses aufsteigt, lässt den Zauber des Vergangenen aufscheinen. Kleine Nebelfetzen hängen in der Wildnis und märchenhaft funkelt die Feuchtigkeit in den Spinnfäden des Brombeergestrüpps. Das von Vinzenz erklärte Naturgesetz des ewigen Wachstums hat die Regie übernommen.